DREAMBOOKS

루비와 황금저울

7

렘넌트 판타지 장편소설
ORIGINAL FANTASY STORY &ADVENTURE

dream
books
드림북스

루비와 황금저울 7

초판 1쇄 인쇄 2018년 3월 19일
초판 1쇄 발행 2018년 3월 26일

지은이 렘넌트
발행인 오영배
기획 박성인
책임편집 편집부
디자인 권지연
제작 조하늬

펴낸곳 (주)삼양출판사 · 드림북스
주소 서울시 강북구 도봉로 173
대표 전화 02-980-2112 **팩스** 02-983-0660
편집부 전화 02-980-2116 **팩스** 02-983-8201
블로그 blog.naver.com/dreambookss
출판등록 1999년 3월 11일 제9-00046호

ISBN 979-11-313-0673-4 (04810) / 979-11-313-0666-6 (세트)

드림북스는 (주)삼양출판사의 판타지 · 무협 문학 브랜드입니다.

루비와 황금저울

7

렘넌트 판타지 장편소설

ORIGINAL FANTASY STORY &ADVENTURE

dream
books
드림북스

Contents

Chapter 1.

잠시 안녕, 노틸러스 제국

가을의 오후는 따스하지만 태양이 빛을 감추고 나면 금방 서늘해진다.

특히 제국의 수도를 관통하는 로하강 근처 항구에는 강한 바람이 불어왔다. 뭐라도 걸치지 않으면 금방이라도 감기라는 불청객이 찾아들 정도였다.

밤공기가 차가운데도 불구하고 항구에는 오랜만에 활기가 샘솟았다.

얼마 전까지만 해도 항구에는 이곳을 떠나는 상인들이 대부분이었다.

하지만 월슨과의 교역이 재개된 이후, 항구에는 수많은

상품들이 늘어서 있었다. 먼 곳으로 실려 갈 물건들과 타국에서 실려 온 물건들이 쌓여 있고, 말과 사람의 소리로 시끌벅적하다.

항구 노역자들이 분주하게 움직이는 동안 윌슨 왕국으로 향하는 상선 위에서 한 발자국도 움직이지 않는 한 남자가 있었다.

윌슨 왕국으로 몰래 잠입하기 위해 밀항을 선택한 아카드였다. 그는 강한 바람에 검은 머리카락을 휘날리면서도 눈을 부릅뜬 채 정면을 응시하고 있었다.

누군가를 기다리는 눈빛이다.

"도련님, 이제는 출발하셔야 합니다."

어깨에 문신 자국이 남아 있는 건장한 중년 남성이 아카드에게 달려왔다. 방금 전까지 파이프를 입에 물고 노역꾼들에게 지시하던 상선의 선장, 프랭크다.

아카드가 전쟁상인 노릇을 할 때 밀항선을 이끌고 물건을 날랐던 메디아 가문의 충실한 가신이다. 그는 이번에도 아카드의 연통을 받고 상선으로 위장해 노틸러스 제국으로 들어왔다.

"잠시만. 조금만 더."

"시간이 없습니다. 곧 있으면 해군들이 순찰 돌 시간입니다. 지금 해상으로 빠져나가지 않으면 내일까지 배를 띄울 수 없습니다."

"알았다니까. 잠깐만."

프랭크 선장은 짜증 내는 아카드를 보며 의아한 표정을 지었다. 어떤 위기에도 냉정한 태도를 유지하던 가문 후계자가 지금은 매우 불안해하고 있다.

'전쟁터에서 화살이 날아와도 눈 깜짝 안 하던 도련님이신데, 도대체 누구를 기다리시기에 저렇게 초조해하시는 걸까?'

아카드는 항구로 들어오는 입구를 바라보고 있다.

강한 맞바람이 그의 눈동자 속으로 파고들지만 미동조차 없었다.

*   *   *

화이트 가구와 핑크색 벽지로 꾸며진 방.

누가 보아도 숙녀의 방임을 알 수 있는 아기자기한 방 한쪽에서 작은 소란이 일어났다. 하얀색 자수 천이 길게 늘어뜨려진 침대가 날 선 목소리와 함께 심하게 흔들렸다.

"나보고 어쩌라고!"

침대 위에 앉아 있는 에레나가 발을 동동 구르며 소리쳤다. 그녀는 자신의 목에 걸린 목걸이를 만지작거리며 한달

전 그날 밤을 회상했다.

"나와 함께 떠나자."

아카드가 이글거리는 눈빛으로 그녀의 손을 움켜쥐었다. 가벼운 반항을 해 보지만 그는 놓아 줄 생각이 없어 보인다.

동시에 에레나의 가슴도 요동을 친다.

이대로 있으면 가축처럼 타국으로 팔려 가야 할 신세다.

오래전부터 가문이 정한 사람에게 시집 가야 한다는 사실은 알고 있었다. 귀족가의 영애로 태어난 여자라면 누구나 받아들여야 하는 의무다.

그러나 막상 그 순간이 다가오니 머릿속이 하얗다. 너무나 두렵고 떨린다.

"그럴 순 없어요."

속마음은 아카드가 내민 손을 잡고 이대로 멀리 떠나 버리고 싶지만 그럴 순 없다. 자신이 도망쳐 버리면 남은 사람들이 그만큼의 고통을 떠안아야 한다.

"왜지?"

"너무 무책임하잖아요. 저 혼자 행복하자고 다른

사람들을 버릴 순 없어요."

아카드는 '무슨 소리냐?' 라는 표정이다.

해적의 아들로 태어나 전쟁상인을 거치면서 철저하게 자기중심적으로 성장한 아카드는 이해할 수 없는 감정이기 때문이다.

그에게 의무란 이익이 존재할 때나 지켜지는 옵션이다. 에레나의 경우처럼 희생을 동반하는 의무는 버려도 된다는 생각을 가지고 있었다.

"멍청하군. 고작 남들 때문에 자신을 희생하겠다는 건가?"

"비난해도 어쩔 수 없어요. 나 때문에 다른 사람들을 고통 속에 빠뜨릴 순 없어요."

아카드는 내밀었던 손을 내렸다. 그는 어이없는 눈빛으로 공작가 저택을 올려다보며 중얼거렸다.

"여기를 다 부숴 버리고, 공작가를 멸문시켜야 내 말을 들을 텐가?"

"그러기만 해 봐요! 황실에 신고해 버릴 테니까."

아카드의 무시무시한 말에 에레나는 소스라치게 놀랐다. 농담인 줄 알지만 왠지 저 남자가 말하면 진담처럼 들린다.

"그럼 이대로 있다가 루시르가 다인 왕국 꼬맹이

왕에게 시집 가라고 하면 갈 텐가?"

"아직 생각해 본 적이 없어요. 다인 왕국에서 혼담이 들어왔다는 것도 아카드 군에게 처음 듣는 소리고."

"만약에 혼담이 들어온다면 어떻게 할 생각이지?"

"……."

두 사람의 대화가 잠시 중단되었다. 한 사람은 답답한 표정으로 대답을 기다리고, 한 사람은 타국에서 혼담 제의가 들어왔다는 것이 믿기지 않는다는 표정으로 주저앉아 있다.

철커덕. 철커덕!

그때 저 멀리서 가문 기사들의 발자국 소리가 일정하게 들려왔다. 이곳으로 순찰을 돌 차례인지 점점 철커덕 하는 금속부츠 소리가 커진다.

"한 달 후에 윌슨 왕국으로 떠날 거야. 그때까지 결정해."

"……."

"이봐!"

아카드는 아무 대답하지 않는 에레나의 턱을 한 손으로 잡아 올렸다. 그녀의 눈썹이 파르르 떨렸다.

눈망울에는 막연함과 두려움이 뒤섞여 있다.

"고민하지 마. 당신의 마음속에 모든 답이 있을 거야."

에레나는 고개를 살짝 끄덕였다. 그녀의 하얀 목에서 아카드가 준 목걸이가 살짝 흔들렸다.

"항구에서 기다릴게."

아카드는 그 한 마디를 남기고 순찰을 피해 어둠 속으로 사라졌다.

"아아아아아아! 어떻게 해야 하지?"

에레나는 자신의 손가락에 걸려 있는 반지를 보며 고개를 세차게 흔들었다.

점점 그녀의 고민은 더 깊어진다.

반지를 볼수록 자꾸만 아카드 생각이 나고, 시계를 볼수록 빨리 가야겠다는 생각이 든다.

똑똑.

에레나의 갈등이 점점 커지고 있을 때 문이 열리며 전속 시녀 제니가 들어왔다.

"루시르 공작님께서 찾으십니다."

"오라버니가?"

에레나의 얼굴에 긴장한 기색이 돌았다. '드디어 혼인

이야기를 하려는 것인가?' 하는 생각이 들면서 그녀의 손이 떨렸다.

"알았어. 금방 준비하고 간다고 전해 줘."

에레나는 몸을 들썩이며 크게 한숨을 쉬더니 천천히 자리에서 일어났다.

＊　　＊　　＊

클라우스 공작가 집무실.

오직 허락된 자들만 출입할 수 있는 곳에서 루시르 폰 클라우스가 중앙을 서성이고 있었다.

"월슨 개자식들! 감히 내 여동생을……."

귀족의 표본처럼 불리며 어떤 상황에서도 여유로운 모습으로 대응하던 루시르의 표정이 좋지 않다. 구겨진 종이 한 장을 움켜쥔 손등에 힘줄이 꿈틀거렸다.

루시르가 입술을 꽉 깨물고 있을 때 조용히 집무실의 문이 열렸다. 문틈으로 에레나가 고개를 들이밀고 방 분위기를 살핀다.

"들어와."

루시르의 차가운 음성에 천천히 문이 닫혔다.

에레나는 뭔가를 직감했는지 오빠의 표정을 조심스럽게

쳐다보았다.

"앉아."

"네."

에레나가 방 중앙에 있는 가죽 소파로 다가가 조신하게 엉덩이를 붙였다. 그녀는 눈을 깔고 시선을 아래에 고정시켰지만 다가오는 루시르 발자국 소리에 움찔하며 민감하게 반응했다.

딸꾹!

루시르가 맞은편에 앉자마자 에레나는 갑작스레 딸꾹질을 시작했다. 황급히 입을 막아 보지만 한번 터진 딸꾹질은 멈추지 않았다.

"미안해요. 딸꾹!"

루시르는 아무 말 없이 자리에서 일어나 책상에 있는 황동 주전자를 크리스털 컵에 기울였다. 그러고는 에레나를 향해 내밀었다.

"마셔."

"고맙습니다. 딸꾹!"

물을 마시자 조금 나아졌는지 딸꾹질 소리는 들리지 않았다.

"아카데미 생활은 어때? 학기 초에 며칠 빠졌는데 수업 따라가는 데 지장은 없어?"

"네. 가주님께서 자비를 베풀어 주신 덕분에 즐겁게 다니고 있어요."

"총장님은 잘 계시고?"

"네. 아직 정정하셔요."

"그래."

잠깐 동안 두 사람 사이에 적막이 흘렀다.

본론에서 비켜 가는 주제만 꺼내다 보니 이야기가 빙빙 돌 뿐이다.

황제의 명령이 있으니 혼인에 대한 이야기를 꺼내야 하는 루시르와, 제발 혼인 이야기를 꺼내지 않았으면 하는 에레나의 바람이 교차하면서 집무실 분위기는 무겁게 가라앉았다.

"지내는 데 있어서 별 어려움은 없느냐?"

"네. 가주님의 배려로 편하게 지내고 있습니다."

실제로 루시르가 클라우스 가문의 가주로 등극하면서 꽤 많은 것이 달라졌다. 엄격했던 가풍이 부드러워지면서 가신들의 태도도 많이 바뀌었다.

특히 에레나를 대하는 가신들의 태도는 180도로 바뀌었다. 예전에는 첩의 자식이라고 은근히 무시하면서 뒤로 수군거리던 가신들이 눈에 띄게 공손해졌다.

저택 구석 음지에 있던 에레나의 방은 햇빛이 잘 들어오는 꼭대기 층으로 옮겨졌고, 주근깨의 수만큼 수다스러운 제니를 전속 시녀로 배정받았다.

"다행이구나."

"네……."

"너에게 할 말이 있다. 아니, 네가 꼭 해야 할 의무다."

잠깐의 적막이 다시 지나고 루시르는 표정을 굳혔다. 에레나를 바라보는 그의 눈빛은 차가웠다. 마치 애써 냉정하려는 듯이 얼음이 뚝뚝 떨어지는 음성으로 천천히 입을 열었다.

"너에게 혼인 제안이 들어왔다. 상대는……."

"윌슨의 왕인가요? 이번에 새롭게 왕의 자리에 올랐다는."

에레나는 이미 알고 있다는 듯이 루시르의 말을 가로챘다. 동시에 그녀의 고개가 푹 떨어졌다.

"누구에게 들었느냐?"

"아카드 군에게 들었습니다."

루시르가 소파 손잡이를 내려쳤다. '쾅!' 하는 소리와 함께 소파 손잡이가 뜯어져 나갔다. 자신이 아닌 남에게 이런 이야기를 먼저 들었다는 사실이 너무 화가 난 표정이다.

"망할! 내가 분명히 그 자식과 만나지 말라고 경고했을 텐데."

"그게 중요한 게 아닌 것 같은데요."

에레나의 눈이 감겼다.

드디어 올 것이 왔다는 생각에 가슴이 빠르게 뛰었다. 그녀는 가슴을 부여잡고 떨리는 목소리로 물었다.

"무조건 월슨 왕국으로 끌려가야 하나요?"

"끌려가는 것이 아니라 혼인하러 가는 것이다."

"혼인당하러 끌려가는 거잖아요. 제게 선택권이란 없는 거겠죠?"

루시르는 인상을 와락 찌푸렸다.

하지만 그의 입에선 가주로서의 냉엄한 목소리가 흘러나왔다.

"가문의 일원으로서 당연한 의무다. 네가 지금까지 누렸던 모든 권리는 이 순간을 위해서다."

딱딱함 속에 복잡한 감정이 뒤섞인 목소리.

루시르의 근엄한 목소리 속에는 지켜주지 못한 미안함과 더 나은 상대에게 보내지 못한 것에 대한 안타까움이 포함되어 있었다.

"알았어요. 가문의 입장이 그러하면 제가 할 수 있는 건 아무것도 없겠군요."

"그렇다."

에레나는 억울한 감정을 소매로 훔치며 고개를 돌렸다.

그녀가 일어났을 때는 바닥에 투명한 물방울들이 뚝뚝 떨어져 있었다.

"더 할 말이 없으시면 제 방으로 가도 될까요?"

"아직 끝나지 않았으니 앉아!"

루시르는 어금니를 깨물며 소리쳤다. 그는 자신의 여동생을 자리에 앉히고는 한숨을 쉬더니 말을 이었다.

"가주로서 해야 할 말은 끝났지만, 오빠로서 해야 할 말은 아직 남았다."

루시르는 잠시 머뭇거렸다. 그는 이 말을 해야 하는지 하지 말아야 하는지 잠시 망설이다가 천천히 입술을 열었다.

"공작의 입장에서는 당연히 혼인을 해야 한다는 생각이지만, 오빠의 입장에서는 다르다."

에레나는 눈을 크게 떴다. 루시르의 입에서 오빠라는 단어가 나올 줄 상상도 못 했다는 표정이다.

지금까지 루시르와 에레나는 주인과 하인보다 못한 관계였다. 어머니와 강제로 떨어져 공작가로 처음 들어왔을 때부터 루시르는 감히 쳐다볼 수도 없는 존재였다.

루시르가 질문할 때까지는 대답조차 할 수 없는 관계였다. 밥을 먹을 때도 공작과 후계자가 먹고 남은 것을 먹어야 했고, 그런 모습을 본 집안 가신들조차 그녀를 무시하기 일쑤였다.

"오빠요?"

뭔가 잘못 들었다고 생각했는지 에레나는 반문했다.

"오빠 입장에서는 혼인을 하지 말아야 한다고 말리고 싶다."

"지, 진심이세요?"

오빠라는 호칭도 놀라운데 루시르의 입에서 흘러나온 이야기는 믿을 수 없는 내용이었다. 가문의 이익을 최우선으로 생각해야 하는 가주로서는 절대 해서는 안 되는 발언이다.

"30분 주겠다. 그동안 난 네가 무엇을 하든 신경 쓰지 않겠다. 너의 선택을 존중해 주겠다는 말이다."

루시르의 입에서 놀라운 말들이 계속 이어졌다.

꼬장꼬장한 가문의 원로들로부터 쏟아질 비난의 화살 따위는 신경도 쓰지 않겠다는 표정이다.

"그렇게 되면 가주님 입장이 난처하실 텐데……."

"오빠!"

루시르는 오빠라는 단어를 힘주어 강조했다.

"네. 오빠님."

"난 이 제국의 공작이다. 너 따위가 걱정한다고 해서 흔들릴 내가 아니다. 그러니 떠나라."

루시르는 냉소적인 표정으로 에레나를 쳐다보고는 몸을

돌렸다. 등을 보인 상태에서 들려오는 그의 중얼거림 속에
는 미안함이 가득했다.

"내 마음이 변하기 전에……."

＊　　　＊　　　＊

에레나가 나간 직후 공작실 천장에서 검은 그림자 하나
가 길게 바닥으로 늘어졌다. 그 속에서 루시르에게는 아주
익숙한 인물 하나가 솟구쳐 올랐다.

"공작님, 이래도 되는 겁니까?"

그림자의 정체는 안틸레온.

부기사단장에서 가주를 암중에서 보호하는 경호기사장
으로 승진한 안틸레온의 표정에는 근심이 가득하다. 가신
의 입장에서는 앞으로 펼쳐질 걱정스러운 미래가 눈에 선
했다.

'아직 원로원도 장악하지 못한 상태에서 이런 대형 사고
를 치시면 후환을 어떻게 감당하시려고 저러실까. 귀족들
과 가문의 늙은이들이 알면 가만있지 않을 텐데.'

측근의 걱정을 알아차려서일까?

안틸레온의 어깨를 두들기는 루시르의 얼굴에 자신감이
표출되었다. 마치 전투에서 무조건 이길 거니까 걱정하지

말라고 이야기하는 것 같았다.

"에레나는 어디로 갔나?"

"아카드 백작이 있는 로하강 항구로 갔습니다."

"그 자식은 매번 내 신경을 거슬리게 하는군."

품위의 상징으로 불리는 루시르의 얼굴이 찌푸려진다. 매번 아카드가 언급될 때마다 나오는 반응이다.

'앙숙이 따로 없군.'

제국의 젊은 사자로 불리는 클라우스 공작과 영웅으로 불리는 아카드 백작은 사사건건 부딪혔다. 원로원에서도 얼굴만 부딪치면 서로 인상을 구길 정도다.

오죽하면 원로원 의회 기간 동안에도 한 마디도 하지 않았다. 바로 옆에 있어도 용건이 있으면 다른 사람을 보내 의중을 떠볼 정도였다.

'그런 상대에게 마음속으로 아끼던 여동생이 달려갔으니 오죽 속이 끓을까?'

안틸레온처럼 제3자의 입장에서는 두 사람의 관계와 반응이 은근히 재밌다. 아카드 이야기만 나오면 흥분을 드러내는 루시르의 모습은 최측근이 아니면 볼 수 없는 구경거리다.

"데려올까요?"

안틸레온이 주군의 반응을 떠보기 위해 히죽거렸다.

"죽고 싶나?"

바로 반응이 튀어나온다.

'역시…… 크크.'

예측했던 반응에서 한 치의 오차도 없다. 평소 주군의 입에서 쉽게 들을 수 없는 언행이 튀어나와 버린다.

"죄송합니다. 제가 실언을 했습니다."

안틸레온은 터져 나오는 웃음을 억지로 집어삼키며 고개를 숙였다.

"대신 지금 바로 움직여 줘야겠어."

"분부하십시오."

"집사장에게 말해서 황제와 독대를 원한다고 전하고, 넌 당장 아카드 그 자식에게 가."

"아카드 백작에게요? 거길 왜 갑니까?"

갑자기 안틸레온이 펄쩍 뛰었다.

제국이 자랑하는 클라우스 기사단의 서열 2위에 빛나는 안틸레온이다. 하지만 아카드 백작을 만나라는 주군의 말에 안색이 파래졌다.

'아카드 백작은 진짜 무서운데.'

아카드는 전신에서 흘러나오는 특유의 차가운 분위기 때문에 누구라도 쉽게 다가가려 하지 않는다.

특히 사신단 파티에서 일어난 사건은 귀족들은 물론이고

클라우스 기사단의 뇌리 속에도 한 사람에 대한 두려움이라는 감정을 박아 버렸다.

"꼭 가야 합니까?"

"죽고 싶다면 개기든가."

"이건 엄연한 가혹 행위인데. 에레나 아가씨가 곁에 있었다면 분명히 이런 행동을 지적했을 겁니다."

"공작은 가혹 행위 해도 괜찮아. 아니꼬우면 네가 공작 하든가."

안틸레온은 고개를 팍 숙였다. 아무리 클라우스 기사단 서열 2위지만 엄연히 앞에 있는 남자는 자신보다 앞서는 유일한 사람이다.

클라우스 기사단 서열 1위에 가문의 가주.

실력으로 보나 계급으로 보나 안틸레온 입장에서는 무엇 하나 앞서는 것이 없다. 그저 자신을 압도하는 상관 루시르 공작에게 꼬리를 내릴 수밖에.

"알겠습니다. 가서 뭘 하면 됩니까?"

루시르는 책상으로 다가가 봉투 하나를 가져와 안틸레온에게 내밀었다.

내용은 알 수 없지만 봉투까지 준비한 것을 보면 에레나를 보내 준 것이 즉흥적이 아니라 계획적임을 알 수 있다.

"이걸 전해 줘. 그리고 넌 가문으로 복귀할 필요 없어."

"네? 그게 무슨 말씀입니까? 제가 없으면 누가 가주님을 지킨다는 말입니까?"

"너 나 이겨?"

갑자기 루시르가 눈을 부라리며 안틸레온을 쳐다보았다. 그러자 눈을 동그랗게 떴던 안틸레온이 살포시 눈을 아래로 내렸다.

"저보다 싸움 잘하는 거랑 지키는 거랑은 관계없다고 봅니다."

"어차피 날 죽일 정도면 너도 못 막아."

"막을 수 있습니다!"

"아카드 백작이 쳐들어와도?"

"그건 사람이 아니지 않습니까. 아카드 백작만 아니면 다 막아낼 수 있습니다. 믿어 주십시오!"

루시르는 고개를 흔들었다. 그는 에레나를 내보내는 초강수를 두면서 생각해 냈던 것들을 하나씩 실천했다.

"에레나를 나 지키듯이 지켜."

"못 갑니다. 제가 경호 총괄 기사인데 어딜 간단 말입니까."

"가! 가서 에레나를 지켜. 그리고……."

루시르는 잠시 헛기침을 하더니 어려운 일이 아니라는 말투로 툭 뱉었다.

"아카드 그놈이 에레나에게 무슨 수작을 걸려고 하면 목숨을 걸고 막아. 그게 가문에 충성하는 길이라고 생각해. 쉽지?"

"차라리 지옥으로 보내시지요."

안틸레온은 대수롭지 않게 지시하는 상관의 말에 황당한 표정을 지었다.

'제국의 검이라는 총사령관 패트릭 장군도 메디아 가문 방향으로는 오줌도 안 눈다고 소문났는데, 그 괴물을 나보고 막으라고?'

고개를 떨어뜨린 안틸레온의 어깨 위로 손바닥 하나가 떡하니 올라왔다. 고개를 돌려 보니 루시르가 문 쪽을 가리키며 고개를 까딱거렸다.

"뭐해? 얼른 가 봐."

"가주님. 저 싫어하시죠?"

안틸레온은 울상을 지으며 도살장으로 끌려가듯 집무실 밖으로 쫓겨났다.

＊　　　＊　　　＊

에레나가 항구에 도착했을 때는 이미 어둑해진 뒤였다.

주변에는 높이 쌓인 빈 박스들과 물을 뿌리며 청소하는

사람들, 밤이슬을 피해 몰려든 부랑자뿐이다. 박스 부근에는 부스러기라도 챙기려는 철새들과 길고양이들이 어슬렁거렸다.

"없어? 없구나. 기다린다고 약속해 놓고선 그냥 가 버렸어."

아무리 고개를 이리저리 돌려보지만 에레나의 눈동자 속에 아카드의 모습은 어디에도 보이질 않았다. 그녀는 급하게 챙겨 온 여행 가방 위로 털썩 주저앉았다.

"내가 어떻게 빠져나왔는데…… 나쁜 놈!"

에레나는 포갠 양팔 사이로 고개를 파묻었다. 기다린다는 사람은 떠나 버리고, 겨우 빠져나온 공작가로 다시 돌아가야 할 신세다.

"어이, 아가씨? 혼자 왔어? 심심하면 이리로 오라고."

고개를 숙인 에레나의 귓가에 혀가 꼬부라진 목소리가 들렸다. 고개를 돌리니 부랑자들이 술병을 흔들며 다가온다.

도대체 얼마나 씻지 않은 걸까? 거리가 가까워질 때마다 썩은 내가 진동한다.

"저리 가세요. 누구 없어요? 도와주세요!"

"얼굴도 예쁜 것이 앙큼하기까지 하네. 재밌는 구경 시켜 줄 테니까 나랑 같이 가자고."

"싫어요! 저리 가세요!"

에레나는 놀란 마음에 자신도 모르게 뒷걸음질 쳤다. 하지만 그것도 곧 한계에 봉착했다.

파사사사삭.

뒤꿈치에서 돌 조각들이 부서지는 소리가 들렸다. 뒤를 돌아보니 시퍼런 강물이 빠르게 흘러간다.

"으흐흐, 어디까지 도망치는 거야."

"우리가 재밌게 해 준다니까."

주변을 둘러봐도 도와줄 사람 하나 없는 상황.

더 이상 물러날 곳이 없는 에레나는 팔을 휘저으며 오지 말라는 신호를 보내는 것 말고는 할 수 있는 것이 없었다.

궁지에 몰린 에레나를 향해 부랑자 하나가 팔을 뻗었다. 구부정한 팔 하나가 코를 찌르는 악취를 풍기며 가까워지자 그녀는 본능적으로 몸을 뒤로 뺐다.

"오지…… 어…… 어! 살려 줘요!"

몸의 균형이 뒤로 쏠리면서 에레나는 어떻게 해서든 물에 빠지지 않으려고 양팔을 휘둘렀다. 하지만 뒤로 쏠려 버린 몸은 의지를 배신하며 45도까지 뒤로 기울어진다.

금방이라도 넘실거리는 강물에 빠져 버릴 상황.

"아휴, 아까워!"

에레나의 어깨에 닿으려던 부랑자의 손은 허공을 지나치

고, 그녀의 몸은 서서히 뒤로 넘어간다.

휘이이이잉

에레나와 부랑자 사이에 머리카락이 빠질 것 같은 바람이 불더니 낙엽들을 돌돌 말아서 공중으로 날려 버린다. 부랑자들은 자신들을 향해 날아오는 먼지폭풍을 막기 위해 황급히 팔을 들어 눈을 가렸다.

예고치 않았던 바람의 변덕은 거짓말처럼 지나가고 부랑자들 앞에 검은 그림자가 나타났다. 바람처럼 나타난 검은 그림자는 긴 팔을 뻗어 에레나의 허리를 감았다.

"애가 따로 없군. 어디 불안해서 혼자 놔두고 다니겠나."

에레나는 예상했던 일이 벌어지지 않자 질끈 감았던 눈을 떴다. 분명히 차갑고 세찬 가을 물살이 느껴져야 함에도 아직까지 멀쩡하다.

마치 공중으로 붕 떠 버린 이상한 느낌이다.

에레나의 눈동자 사이로 조금씩 익숙한 남자의 옆모습이 들어왔다.

살랑이는 검은 머리카락 아래 펜으로 그린 것 같은 날카로운 콧날, 마치 절벽처럼 날카로운 턱 선이 조금씩 움직이면서 묵직한 저음이 들려왔다.

"눈 감고 있어. 아직 끝난 게 아니니까."

뭐가 끝나지 않았다는 거지? 난 이렇게 멀쩡한데.

하지만 에레나는 조용히 아카드가 시키는 대로 눈을 감았다. 그녀의 귓가로 방금 전 말투와는 전혀 다른 냉기 서린 음성이 들려왔다.

"너희 같은 종자들은 말로 해서는 들어먹질 않더라고."

부랑자들은 에레나가 방금 했던 행동을 그대로 따라 하기 시작했다. 아무리 술에 찌들어 살더라도 그들도 눈이 있다.

한눈에 보더라도 그들 앞에 선 청년은 범상치 않아 보인다.

최고의 장인이 한 땀 한 땀 정성스럽게 만들었을 것 같은 검은색 슈트와 구두. 검은 머리카락에서 나오는 무거운 분위기와 검은 눈동자에서 뿜어져 나오는 분노 서린 차가움에 부랑자들은 하나둘씩 도망친다.

"아, 아닙니다. 나리. 저희가 죽을죄를 졌습니다요."

"수, 술이 웬수라…… 사, 살려 주십시오."

뒷걸음질 치다가 넘어진 부랑자는 청년이 다가오는 모습에 술이 확 깨는 거 같았다. 한 걸음 한 걸음 다가오는 소리가 천둥소리처럼 크게 들리고 점점 숨이 막혀 간다.

"쓰레기들은 치워 버려야……."

꼼지락.

누군가 아카드의 옷깃을 잡아당긴다. 그가 고개를 사선으로 돌리니 에레나가 눈을 감고 있는 상태에서 고개를 흔들었다.

"그만해요. 불쌍한 사람들이에요."

"이런 놈들은 가만히 놔두면 악행만 끼칠 놈들이야."

"그들도 어떻게 보면 제도의 보호를 받지 못해서 생겨난 희생자들일지도 몰라요. 그러니 그냥 가요. 힘들어요."

에레나의 한마디에 아카드의 몸을 휘감던 살기가 바람에 실려 사라진다. 미처 도망치지 못하고 바닥에 널브러진 부랑자들은 그때서야 가쁜 숨을 쉬며 헐떡인다.

"가라."

아카드의 말이 떨어지자마자 부랑자들은 헐레벌떡 일어섰다. 그 와중에도 다리에 힘이 풀려 넘어지는 사내들도 있었지만 대부분 빠르게 항구에서 자취를 감췄다.

"이만 놔줘요."

사내의 품에 안겨 있던 에레나가 쥐구멍에 들어갈 만한 작은 목소리로 말했다. 하지만 그는 못 들은 척하며 항구 입구에 서 있는 마차로 걸어간다.

"내려 달라니까요."

"넘어지면 코 닿을 거린데 이대로 그냥 가지?"

"코 닿을 거리니까 걸어갈래요."

아카드는 자신의 품 안에 있던 새끼 강아지를 어쩔 수 없이 풀어줘야 했다. 그는 아쉬운 표정으로 그녀의 온기가 남아 있는 손바닥을 물끄러미 바라봤다.

"아카드 군, 가요!"

아카드는 씩씩하게 마차를 향해 걸어가는 에레나의 뒷모습을 바라보며 애꿎은 돌멩이만 걷어찼다. 다 잡았던 물고기를 놓친 아쉬움을 괜히 엉뚱한 곳에 화풀이하고 있었다.

"지키라는 임무를 받았으면 똑바로 해라. 안 그러면 내 손에 먼저 죽는다."

아카드가 정면에 볼록하게 솟아 있는 언덕을 노려보며 중얼거렸다. 남들이 보면 혼자 중얼거린다고 이상하게 볼 수 있는 상황이지만 목표는 명확했다.

아카드와 에레나가 탑승한 검은 마차가 흙먼지를 요란하게 뿜어내며 사라졌다.

"휴우."

잠시 후, 언덕 꼭대기 나무 위에서 커다란 그림자 하나가 뚝 떨어졌다. 복면을 쓰고 검은 옷으로 자신의 모습을 가린 남자는 마차의 동선을 보며 미리 준비한 말에 올라탔다.

"죽을 뻔했네."

말에 올라탄 사내는 답답한지 자신의 복면을 거칠게 벗겼다. 복면을 벗자 안틸레온 경호기사장의 얼굴이 훤히 드러났다.

"저 위치에서 날 찾아? 아무리 내가 전문 암살자가 아니라지만 칼밥을 20년 넘게 먹었는데. 저런 괴물을 나보고 어떻게 막으라는 거야?"

말을 타고 지나간 흙먼지 속에는 안틸레온의 절규 소리가 뒤섞여 있었다.

"가주님 진짜 너무하네!"

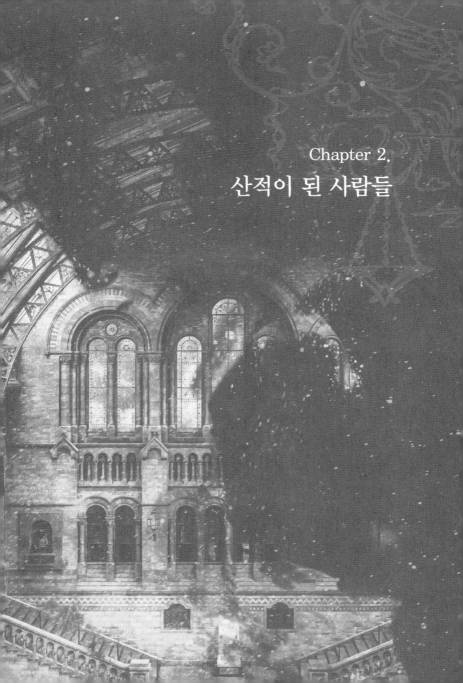

Chapter 2.
산적이 된 사람들

마차의 작은 공간은 답답하지만 창문으로 내리쬐는 햇빛은 온기를 가득 품고 있었다.

선선한 가을이지만 모포를 배에 덮고 낮잠을 자기에는 최상의 조건이다. 거기다가 잘 포장된 길을 지나다 보니 마차 안은 적당히 흔들리는 것이 잠을 청하기에 이보다 더 좋은 조건은 없다.

"하아."

에레나가 느끼는 편안한 감정과는 반대로 아카드의 입에서는 한숨이 절로 나왔다. 해상이 아니라 육로로 이동하면서 모든 계획이 틀어져 버렸다.

프랭크 선장을 돌려보내면서 잡일 시키려고 데려온 고스트를 함께 딸려 보냈다. 아버지와 가신들이 머물고 있는 영지에 급히 지시할 사항을 전하기 위해서다.

"경로를 수정해야겠어. 다인 왕국에 먼저 들러서 교황과 독대한 후 윌슨 왕국으로 넘어가야겠어. 그동안 윌슨 왕국 상계는 블라디우스 총집사에게 맡기는 수밖에 없겠어."

마차가 노틸러스 제국에서 출발한 지 일주일.

현재의 속도로 볼 때, 늦어도 5일 정도면 다인 왕국 국경에 도착할 수 있을 것 같다.

"이게 다 누구 때문인데 태평스럽게 잘도 자네."

바닥에는 실리안과 라그니스가 고양이와 강아지로 소환된 채 엎드려 있고, 아카드 옆에는 항구에서부터 줄곧 함께해 온 인간 강아지 하나가 잠들어 있었다.

양털로 짠 담요가 따뜻한지 목까지 돌돌 감은 채 자는 인간 강아지의 입에서는 '푸우' 내지는 '쿠우' 하는 숨소리가 들려온다.

"저건 숨소리가 아니라 코 고는 소리 같은데. 분명히 아니라고 우길 테지."

금발의 소녀는 아카드의 무릎을 베고 강아지처럼 곤히 잠들어 있다. 소녀의 외모는 더 이상 손댈 수 없을 정도로 아름답다.

한낮의 햇살처럼 빛나는 머리카락은 시냇물처럼 흘러내리고 비단처럼 부드럽다. 단점이 있다면 며칠간 여행으로 인한 여독 때문인지 제국에 있을 때보다 야위어 보인다는 점이다.

"큰 도시에 도착하자마자 당장 먹을 거부터 사 먹여야겠군."

아카드는 창밖으로 고개를 돌렸다.

가을의 초입을 증명하듯 황금빛 들판이 탐스럽게 펼쳐져 있었지만, 그의 머릿속에는 온통 그루먼 무기 상단에서 개발했다는 신무기에 대한 생각뿐이다.

왕국 주제에 제국에 시비를 걸 정도면 획기적인 발명이나 기술 개발이 있었다고 봐야 한다. 특히 타국에 사신들을 보내서 전쟁을 개시할 정도면 무조건 이길 수 있다는 자신감의 표현일 것이다.

"갓 왕좌에 앉은 꼬맹이가 전쟁을 벌일 리는 없고, 역시 살아남은 제국은행 잔당들이 꾸몄다고 봐야겠지."

결국 이번 여행의 최종 목적지는 윌슨 왕국이라고 봐야 한다.

제국은행이 사라진 이후로 4대 상단 중 명맥을 유지하고 있는 데이비슨 상단과 그루먼 상단, 그리고 제국은행 잔당들은 본거지를 윌슨 왕국으로 옮겼다.

오래전부터 윌슨 왕국의 상권을 거머쥐고 막강한 영향력을 발휘하던 제국은행 잔당들은 대륙은행으로 이름을 바꾸고 영업 중이다. 그들은 노틸러스 제국에 복수할 생각으로 전쟁을 일으킬 듯하다.

그들은 타국 대사들을 만나 식량을 무기로 대륙의 질서를 무너뜨리려는 노틸러스 제국을 처단해야 한다고 주장했다.

"이 시점에 전쟁이라니. 있을 수도 없고, 있어서도 안 될 일이지. 내가 어떻게 황제 손에서 제국은행을 뺏어 왔는데. 무조건 막아야 해."

4대 상단과 맞서며 힘들게 키웠던 A&M 투자 상단은 한 푼도 받지 못하고 제국 아카데미 손에 넘어가 버렸다.

그 후, 아카드에게는 한 인간에게 닥칠 수 있는 모든 불행이 닥쳤다.

모든 불행을 극복한 대가로 제국은행을 손에 넣었다. 지금은 제국은행이 제구실을 할 수 있을 때까지 안정이 필요한 시기다.

이럴 때 전쟁이라도 터져 버리면 환율은 들쑥날쑥해질 것이고 기껏 살려 놓은 제국은행은 기둥뿌리조차 뽑혀 버리게 된다.

전쟁으로 인한 피해가 얼마나 무시무시한지, 아카드는

전쟁상인으로 전쟁을 겪으며 뼈저리게 체험했다. 전쟁을 뒤에서 조종하는 은행가들과 상인들 앞에서 사람의 목숨이 얼마나 보잘것없는지를 몸으로 체험해 왔다.

"전쟁은 무조건 막아야 해."

교황과의 독대는 아카드의 개인적인 이익을 벗어나 아스테리아 대륙이 안정될 것이냐, 다시 전쟁의 소용돌이에 휩쓸릴 것이냐를 결정짓는 중요한 시발점이 될 것이다.

남대륙의 평화를 위해 아카드는 철두철미한 계획을 세웠다. 그리고 그대로 성사시킬 자신도 있었다.

옆에서 태평스럽게 쿨쿨 자고 있는 한 사람이 아니었다면.

"엣취!"

무릎 부근에서 '으흠…….' 하는 소리가 들렸다.

아카드가 마차 창문을 열어 놓은 탓인지 에레나가 이불을 꼭 끌어안다시피 하여 몸을 웅크리고는 부들부들 떨고 있다. 그 모습에 아카드는 씨익 웃으며 창문을 닫아 주었다.

매번 아카드에게 기를 쓰며 대들던 그녀이지만, 잠든 모습을 보니 귀여운 금색 강아지나 별반 다를 게 없다. 몸을 뒤척이는 것을 보니 슬슬 일어나려고 하는 것 같았다.

"나 물 좀."

역시 예상대로 에레나는 담요 밖으로 고개를 빼꼼 내밀며 실눈을 떴다. 잠에서 깨어 종알대는 강아지에게 아카드는 물이 든 병을 내밀었다.

"얼마나 더 이렇게 가야 하는 건가요?"

"저 산맥만 넘으면 다인 왕국이 눈에 들어올 거야."

에레나가 눈을 비비며 창밖으로 고개를 내밀었다. 그의 말대로 거대한 산맥이 가까워지면서 평원의 끝이 보이기 시작했다.

"도착하려면 얼마나 걸려요?"

"한 닷새쯤?"

이대로 아무 일 없이 간다면 그 정도밖에 걸리지 않을 것이다. 전쟁상인으로 여기저기 떠돌아다녔던 아카드에게 이 정도 여정쯤은 아무렇지 않았으나, 여행 초심자에게는 힘든 일이다.

방학 기간에 함께 다인 왕국에 간 적이 있었지만 그때는 비행선을 타고 간 여행이었다. 지금처럼 마차로 장시간 동안 이동한 적은 에레나 인생에 처음일 것이다.

바깥 풍경도 줄곧 평야밖에 보이지 않아 처음에는 신기해하던 에레나의 표정도 점점 지루해져 갔다. 짜증을 내는 그녀의 심정도 이해 못 할 바는 아니다.

"어디 마을이라도 없을라나?"

어느덧 사람이 그리워졌나 보다.

그리고 따뜻한 음식과 침대도 그리웠겠지.

"있기는 하겠지만 당신이 생각하는 그런 번화가는 아니야."

"무슨 뜻이에요?"

"저 산맥부터는 국경과 국경 사이에 있는 주인 없는 땅이거든. 국경선은 있지만 서로의 마찰을 피하기 위해 병사들을 주둔시키지 않지."

"그럼 아무도 살지 않는다는 말인가요?"

"살기야 살겠지. 하지만 대부분 도망자들이거나 유랑민, 산적들일 거야. 어떤 나라에도 보호받지 못한 사각지대에 놓인 자들이지."

아카드의 설명에 고개를 끄덕이던 에레나가 갑자기 고개를 휙 돌렸다. 커다란 눈망울로 아카드를 쳐다보는 걸 보니 놀란 표정이다.

"산적도 있다고요?"

"당연하지. 여긴 무법 지대니까."

"우리도 산적을 만나게 될 가능성이 있다는 거네요?"

"그래. 바로 앞에 있잖아."

"이이이잉?"

에레나가 눈을 커다랗게 뜨고 다시 창문 밖으로 고개를

내밀었다.

진짜 그의 말대로다.

유일하게 산맥을 지날 수 있는 길 앞에 십여 명의 인물들이 우르르 몰려나와 마차를 노려보고 있었다. 마차와의 거리가 제법 되지만 그들의 흉흉한 눈초리가 에레나에게까지 느껴질 정도다.

물론 아카드는 산적들의 모습을 보고도 시큰둥한 표정이다. 바람의 정령 실리안이 미리 눈치채고 알려 준 덕에 그는 이미 산적들이 숨어 있던 것을 알고 있었다.

빠른 속도로 달려가던 마차의 속도가 점점 느려지더니 멈췄다. 임대한 마차 주인이 목소리를 떨며 외쳤다.

"나리, 더 이상 갈 수 없겠는뎁쇼."

아카드는 놀란 에레나를 달랜 후 마차의 문을 열고 내렸다. 그러자 저 멀리서 한 명의 사내가 말을 타고 온다.

말에서 내린 사내의 얼굴은 가관이다.

낙서를 해 놓은 듯이 얼굴 전체에 흉터가 어지럽게 그려져 있고 눈매는 위까지 찢어져 있다. 좋은 말로 하면 무서운 인상이고, 대놓고 말을 하면 '나 산적이다.' 라고 써 놓은 듯 상상과 완벽하게 일치하는 얼굴이다.

사내는 아카드를 한 번 노려봐 주고는 심호흡을 크게 한 번 했다. 그러고는 자신이 가지고 있는 유일한 무기인 날도

서 있지 않은 창을 들고 걸어온다.

노려보는 눈동자에 얼마나 힘을 줬는지 사내의 얼굴 전체가 벌겋게 달아올랐다. 그는 '이만하면 겁먹었겠지?' 라고 생각했는지 아카드를 향해 소리쳤다.

"죽이지는 않겠다. 당장 마차와 돈 될 만한 물건을 내리고 도망친다면 목숨은 살려 주겠다."

사내는 자신이 한 말에 만족하는 표정이다.

이 정도면 누구라도 겁먹었을 것이고 자신의 무서움을 확실히 각인시켰다고 생각한 모양이다.

하지만 모든 것이 예상대로 흘러가는 건 아니다.

"이리 와."

아카드가 사내를 향해 손가락을 까딱거렸다. 그것도 아주 여유롭게 웃음까지 지으며.

자신감에 가득했던 사내의 눈이 쏙 들어가고 반대로 입술은 툭 튀어나왔다. 목숨을 살려 준 자비에 감사하다고 여겨도 부족한데 동네 양아치 취급하다니.

이건 사내가 바라던 반응이 절대 아니다.

"이 자식이 미쳤나! 얼굴은 곱상하게 생긴 것이 미쳐도 단단히 미친 모양이군. 죽고 싶냐?"

"네가 올래, 내가 갈까?"

이 구역에서 가장 험상궂기로 유명한 마운틴은 기가 찬

표정으로 아카드를 보았다. '뭐 저런 자식이 다 있냐.' 라는 표정이다.

'혹시 엄청 강한 녀석은 아니겠지?'

상대를 파악하는 것이 최고의 미덕인 산적답게 마운틴은 매의 눈으로 아카드를 살펴보았다.

일단 하체는 길고 몸의 중심이 잘 잡혀 있었다. 빠르고 민첩할 것 같다는 건 예상할 수 있지만 그 이상의 특이 사항은 찾을 수 없었다.

기사라고 보기에는 숨기려고 해도 드러날 수밖에 없는 근육이 보이지 않고, 마법사라고 보기에는 지팡이나 완드 같은 건 찾아볼 수 없다.

아카드를 탐색해 본 결과 '아주 귀한 집에서 자란 잘생긴 청년이다.' 라는 것이 마운틴의 결론이었다.

'귀족가의 자제면 호위 기사라도 있어야 하는데 그것도 없다면…… 상가의 자제다. 그것도 아주 부유한.'

마운틴은 참으려고 해도 절로 웃음이 새어 나왔다. 산적 인생 10년 만에 드디어 제대로 된 대박 건수를 잡았다는 강한 확신이 들었다.

'일단 안전하게 귀중품을 챙기고 난 후, 상인의 자식이니 다시 잡아서 몸값까지 건지면…… 1년은 풍족하게 지낼 수 있다!'

지금은 흥분을 가라앉히고 귀중품부터 챙겨야 할 때였다. 현물부터 안전하게 확보하는 것이 자신 같은 틈새 산적 시장을 노리는 자들이 필수로 해야 할 일이다.

"곱게 커서 상황 파악이 안 되는 모양인데."

마운틴은 일단 여기까지 이야기하고는 뒤를 향해 손짓을 했다. 그러자 그의 등 뒤에서 '쿵' 하는 소리가 나면서 대기하고 있던 사내가 천천히 다가왔다.

긴 턱수염에 헉 소리가 나는 덩치를 지닌 사내는 얼핏 보아도 키가 2미터는 되어 보였다. 그는 솥뚜껑만 한 손에 들린, 이가 듬성듬성 빠진 도끼 한 자루를 흔들며 아카드를 위협했다.

마운틴은 거구의 사내 쪽을 고개로 가리키며 말했다.

"어이, 자네. 이분이 어떤 분인 줄 아시는가?"

아카드는 별 관심도 없다는 표정이다. 당연히 산적 따위를 알 리도 없고 알 필요도 없다.

아카드의 반응과 아무런 상관없이 마운틴은 사내에게 손을 뻗으며 장황하게 설명하기 시작한다.

"이분이 말이지, 바로 몇 년 전 대륙에 명성이 자자했던 모건 해적단 알지? 거기서 간부까지 지내셨던 분이지. 애송이, 이제 분위기 파악 좀 하겠나?"

"......"

"저분이 한번 화를 내시면 자네는 도살장에 끌려간 고깃덩어리 신세가 될지도 모르네. 그러니 까불지 말고 값나가는 물건이 있으면 자진 납세하고 떠나게."

마운틴이 생각하기에 더없이 완벽한 협박이다.

"좋은 말할 때……."

하고 눈을 지긋하게 뜨고 아카드를 살핀 마운틴의 표정이 이상하게 변했다.

보통 이 정도 알아듣게 말을 했으면 '걸음아, 나 살려라.' 하고 도망치는 것이 보통이다. 당연히 값나가는 물건들은 남겨 둔 채로.

산적 생활 10년 동안 겪은 수많은 고객(?)들의 행동 패턴을 떠올려 봐도 그것은 아주 지극히 당연한 일이다.

한데 눈앞에 등장한 새로운 고객은 달랐다.

분명히 반응은 있었다. 모건 해적단이라는 말을 들었을 때 눈썹이 움직이는 것을 마운틴은 두 눈으로 똑똑히 보았다.

하지만 마운틴이 생각했던 반응과는 온도 차가 너무 난다. 새로운 고객은 자신을 황당하다는 듯이 쳐다보았다.

'이 자식 반응이 뭐 이리 미지근해?'

도저히 안 되겠다 싶은지 마운틴은 산적단에서 외모 하나는 어디 가서 절대 꿀리지 않는 산적단 두목 콜먼을 돌아보았다.

두목 콜먼은 거구의 신체를 움직여 아카드 앞으로 다가 갔다. 그러고는 큰 눈을 부라리며 노려보았다.

당장이라도 손에 들고 있는 도끼로 아카드의 머리를 내 려칠 기세다.

"이놈! 마운틴의 말이 들리지 않는가? 내가 바로 모건 해적단 최전선에서 적들을 물리친 콜먼이니라. 도끼로 머 리를 쪼개기 전에 얼른 다 놓고 꺼져라!"

가뜩이나 거구인 콜먼이 고함까지 지르자 주변 일대 평 야가 울린다. 능숙하게 말하는 것을 보니 한두 번 해 본 솜 씨가 아니다.

"이놈! 내 말이 들리지 않느냐?"

다시 한 번 콜먼이 고함치자 아카드가 한숨을 푹 쉬더니 어처구니없다는 표정으로 콜먼 쪽을 바라본다.

그러고는 콜먼이 바라는 대로 아카드의 입이 천천히 열 리기 시작했다.

"내놔."

"뭐, 뭐라고?"

바로 앞에 있는 두목 콜먼뿐 아니라 뒤에 있는 부두목 마 운틴까지 자신의 귀를 의심했다. 분명히 무슨 말은 들은 거 같은데, 그들은 '내놔'라는 단어 속에 자신이 알고 있는 뜻이 아닌 다른 의미가 또 있는지 잠시 생각했다.

뺏을 사람은 산적들인데 자신들에게 뭘 달라고 한 것이 맞는지 의미 파악을 못 한 것이다.

"너희들이 가지고 있는 거 다 내놓으라고."

아카드가 한 번 더 풀어서 말을 하자 그때서야 두 사람은 알아들은 모양이다. 하지만 기가 차서 말이 나오지 않았다.

"그러니까 네 말은…… 우리가 너를 터는 것이 아니라, 네가 우리 산적들을 털겠다고?"

"산적은 무슨 산적? 요즘은 쥐나 개나 산적 노릇 하나 보지? 그리고 뭐? 모건 해적단? 뻥쟁이, 이리 와 봐."

"뭐어어어어! 뻥쟁이?"

순간적으로 두 산적뿐만 아니라 만약의 사태를 대비해 뒤에서 대기하고 있던 산적단 부하들까지 꿀 먹은 벙어리가 되었다.

'산적들은 우린데…… 우리한테서 강탈하려고 들어? 그리고 뻥쟁이는 또 무슨 말이야?'

그나마 이들 중 가장 먼저 정신이 든 것은 마운틴이다. 그는 산적단의 잔머리 담당답게 사태를 일찍 파악했다.

"이놈이 생긴 것과는 달리 겁대가리가 없는 녀석이로구나! 아니면 벌써 미쳐 버렸거나."

"모건 해적단에서 간부를 지내셨다고? 그럼 그때 누구

밑에 있었지?"

아카드의 질문에 마운틴은 자신의 두목을 바라보았다. 소속까지는 들어 본 적이 없어서다.

그런데 두목의 표정이 이상하다.

두목이 시선을 피하더니 얼굴을 찡그리며 얼른 치라는 신호를 보냈다. 무슨 영문인지 모르겠지만 두목의 신호에 마운틴은 호기롭게 소리를 쳤다.

"이놈, 내가 그렇게 자비를 베풀었건만. 쳐라!"

"모두 멈춰라!"

마운틴이 뒤에 있는 부실하게 생긴 부하들을 향해 손을 흔들려고 할 때, 갑자기 옆에서 일단의 무리들이 나타났다.

가짜 모건 해적단 출신인 콜먼 두목을 비롯해 마운틴 부두목도 놀란 표정으로 고함을 치며 나타난 인물들을 보았다.

새롭게 등장한 인물들 중 콜먼보다는 작지만 우람한 덩치에 제법 날이 서 있는 롱소드를 든 인물이 한 발짝 앞으로 나섰다.

그 뒤로 호리호리한 인물이 바싹 따라붙었다. 꼭 뱁새처럼 얍삽하게 생긴 그의 등 뒤에는 크로스보우가 달려 있고, 허리에는 볼트가 들어 있는 원통이 있었다.

그들의 등장에 '나 산적이다.' 라는 얼굴의 소유자, 마운틴이 한 걸음 뒤로 물러났다. 그러자 크로스보우를 멘 호리호리한 남자가 말을 탄 채로 다가왔다.

호리호리한 남자는 롱소드를 든 덩치 좋은 남자를 자랑스럽게 가리키며 말했다.

"이놈들! 썩 물러가라! 이분이 바로 모건 해적단에서 돌격대장을 지내신 칼 님이시다."

이미 먼저 고객을 맞이하던 산적들은 황당한 표정으로 소리치는 남자를 쳐다보았지만 신경도 쓰지 않았다.

"어이, 꽃미남. 자네는 소중한 얼굴이 날아가기 전에 얼른 돈 될 만한 거는 다 내려놓고 가라. 그러면 목숨만은 살려 주마."

아카드는 갈수록 어이가 없어진다.

이건 뭐 너도 나도 모건 해적단 출신이라고 하니, 이들만 모아도 해적단 하나는 구성할 수 있을 정도다.

'이것들 봐라? 내가 모르는 모건 해적단의 간부가 여기 있네? 그것도 두 명씩이나, 하하. 그런데 이런 구석진 곳에 산적단이 둘이나 있어?'

이곳은 노틸러스 제국과 다인 왕국, 윌슨 왕국 국경선 사이에 위치한 사각지대다.

주인 없는 땅이라 좋을 것 같지만 다른 말로 표현하면 각국의 병사들이 휩쓸고 가도 하소연할 곳이 하나도 없는 무법지대다.

거기다가 여긴 산맥 초입.

세 나라의 국경이 모여 있다고는 하지만 작은 도시도 찾아볼 수 없는 산골 중의 산골에 산적이 두 무리나 있다는 것은 확실히 이상한 현상이었다. 거기다가 먼저 자리 잡은 산적들이 있음에도 불구하고 상도의(?)를 무시하고 나타났다는 것은 두 가지를 의미한다.

이들을 쫓아내고도 멀쩡할 실력이 있거나.

모험을 해서라도 고객을 뺏어야 할 정도로 궁핍하다는 것이다.

'누가 보면 이곳이 모건 해적단 본거지인 줄 알겠네.'

2미터의 거구는 모건 해적단의 간부라고 우기고, 롱소드를 든 자는 돌격대장이라고 한다. 중간에서 사실을 확인해 줄 사람이 없다면 싸워서 이기는 자의 말이 곧 진실이다.

재미도 이런 꿀 재미가 없다.

예상대로 마주 본 두 산적의 싸움이 시작되었다. 칼부림이 아니라 말싸움이지만, 그건 그것 나름대로 신선하다.

"이런 또라이 새끼를 보았나. 감히 누구 앞에서 사기 치는 거야! 모건 해적단에서 간부까지 지내신 우리 두목님 앞에서 뭐가 어째? 돌격대장?"

마운틴은 당당하다. 진짜로 뒤에 있는 콜먼이 모건 해적단 출신이라고 믿는 듯하다.

반대로 다른 산적 두목은 인상을 와락 구기며 대뜸 롱소드부터 꺼내 들었다.

"개뼈다귀 같은 자식이 뚫린 입이라고 잘도 지껄여 대는구나. 감히 대륙에서 하늘 같은 모건 해적단을 사칭해? 이것들이 뜨거운 맛 좀 봐야겠구나."

"뜨거운 맛은 네 마누라 품에 가서 찾도록 하고, 썩 꺼지거라!"

마운틴은 다른 산적단 두목을 향해 표정 하나 변하지 않고 입을 놀려댔다.

"이…… 이 입만 산 새끼가……!"

싸움은 냉정한 자가 이긴다.

마운틴의 현란한 욕설에 상대는 결국 무기를 뽑고 말았다. 즉, 말싸움에서 졌다는 의미다.

두 사람은 금방이라도 맞붙을 기세로 서로를 노려보았다.

'오호, 드디어 싸움 구경을 할 수 있는 건가?'

그러나 아카드의 기대는 다시 좌절되고 말았다.

두 산적의 싸움은 더 이상 진행되지 않았다.

"멈춰라! 웬 놈들이냐!"

고함 소리와 함께 또다시 가죽조끼를 입은 무리들이 나

타났다.

'어떻게 된 놈들이 늦게 나타날수록 장비가 고급이네.'

처음 등장한 산적은 유랑민 같다고 하면 두 번째 나타난 산적들은 화전민 수준이다. 그리고 이번에 등장한 산적들은 제법 흉내는 내는 수준으로 올라갔다.

마지막에 등장한 산적 무리 중 하나가 앞으로 나왔다. 그는 차가운 시선으로 두 무리의 산적과 아카드를 번갈아 보았다. 특히 아카드의 옷차림과 얼굴을 스윽 한 번 살펴보고는 맞서고 있는 두 산적들에게 고개를 돌렸다.

"어떤 겁대가리 없는 새끼들이 남의 구역에서 싸움질이냐?"

새로운 경쟁자를 혼란스럽게 바라보던 마운틴과 두 번째 두목이 발끈했다.

"이 새끼가 또 뭐래? 제일 나중에 나타난 주제에 누구 앞에서 숟가락을 올리려고!"

"네놈은 누군데 여기를 네 구역이라고 헛소리를 지껄이는 것이냐."

새롭게 나타난 경쟁자 두목은 두 산적들의 옷차림을 보고 한숨을 쉬었고, 뒤에서 거칠게 생긴 사내 하나가 그를 가리키며 자랑스러운 표정을 지었다.

"아하, 이분 말이냐? 이분으로 말씀드릴 것 같으면 말이지……."

"잠시 아가리 묵념."

마운틴이 뭔가 촉이 왔는지 대화를 끊었다. 세 무리 산적
단의 시선이 그에게 집중되었다.

물론 모두 다 고운 시선인 것은 아니다.

"혹시 네놈도 모건 해적단에서 한가락 했다고 사기 칠
생각이냐?"

"허헙! 어떻게 그 사실을……?"

이 자리에 모인 세 산적단 단원 모두의 얼굴이 일그러졌
다. 같은 모건 해적단이라면 서로 얼굴을 알 텐데 그런 것
처럼 보이지는 않는다.

두목들이 모두 모건 해적단에 소속된 해적이었다고 하니
누구 말이 진짜인지 알 수가 없다. 모두가 어리둥절한 분위
기 속에서 가장 먼저 선수를 치고 나선 것은 2미터 거구의
콜먼이었다.

"모건 해적단을 사칭하다니! 해적단의 간부였던 자로서
도저히 용서할 수 없다."

목소리 하나는 가히 그랜드마스터가 울고 갈 정도다. 마
운틴과 휘하의 산적들은 두목의 목소리 한 방에 어깨에 힘
이 잔뜩 들어갔다.

그러자 두 번째 두목 옆에 있던 호리호리한 부하가 자신

도 질 수 없다는 듯이 입에 게거품을 물었다.

"거짓말을 해도 유분수지! 우리 두목님은 해적왕 모건 님의 최측근으로……."

"우리 두목님은 해적왕 모건 님의 오른팔이니라. 조무래 기들은 구석으로 꺼져라."

둘의 말장난을 지켜보던 마지막 두목이 참을 수 없다는 표정으로 웃통을 벗었다.

"솥에 집어넣어 국을 끓여 먹어도 시원찮은 놈들이 사칭 할 게 없어서 모건 해적단을 사칭해! 아는 것이 없는 무식 한 놈들이니 죄다 모건 해적단만 사칭하는구나. 이 기회에 사기꾼들의 싹을 다 뽑아 버려야겠다."

산적은 장비가 생명이라는 측근의 말에 전 재산을 다 털 어 새로 마련한 대장간표 검을 하늘을 향해 치켜들었다.

제법 산적 두목 같은 늠름한 기세다.

자신들의 무기와는 확연히 다른 때깔의 검을 보자 두 사 람은 잠시 움찔했다. 뒤늦게 무기를 꺼내 봤자 너무 초라해 보일 것 같았다.

하지만 그들도 역시 무리를 이끄는 두목들. 호락호락하 게 기죽은 모습을 보일 수 없다고 생각했는지 무기를 꺼내 들고, 묘한 대치 구도가 형성되었다.

아카드라는 유일한 고객을 중앙에 두고 펼쳐진 세 사람

의 치열한 눈치 싸움이 시작되었다. 여기서 물러나면 절대 산적질을 할 수 없다는 결연한 의지가 아카드에게도 느껴질 정도다.

"세 사람 다 모건 해적단 출신들이란 말이지?"

한참을 지나도 싸움이 일어날 기색이 보이지 않자 아카드가 답답한 듯이 말을 꺼냈다.

"간부라니까!"

"돌격 대장이라니까!"

"내가 진짜라니까!"

세 사람이 동시에 내지른 고함 소리가 아카드에게 집중되었다. 그는 잠시 얼얼해진 귀를 후비며 인상을 찡그렸다.

"직접 싸워 보면 되겠네. 뭐 그리 주절주절 말로 싸우고 그래. 시시하게."

아카드의 말 한마디에 두목들은 서로의 얼굴을 보며 고개를 끄덕거렸다. 하지만 다 끝난 것이 아니다.

한 가지 풀어야 할 중요한 숙제가 있다.

"짝이 안 맞잖아. 짝이!"

"맞아. 먼저 싸우는 사람이 불리한 싸움인데."

"너희 두 놈 중 승자에게 모건 해적단 간부였던 이 몸과 대결할 수 있는 기회를 주지."

세 두목들은 절대 먼저 싸우지 않겠다며 몸을 뺀다. 이러다가는 방금 전 끝났던 말싸움이 다시 시작될 기세다.

"그래서 준비했지. 저기 말 타고 달려오는 놈 보이지?"

세 두목의 시선이 아카드의 손가락을 따라 평야 쪽으로 옮겨졌다.

그의 말대로 멀리서 검은 말을 탄 사내 하나가 산맥 초입을 향해 맹렬히 달려오고 있었다.

"저리 비켜!"

아카드에게는 익숙하지만 산적들은 처음 보는 인물. 클라우스 가문의 서열 2위에 빛나는 안틸레온 부단장이다.

멀리서 보기에도 온몸에 근육이 제대로 잡혀 있고, 산적들과는 다르게 손질이 잘 되어 있는 검 한 자루가 허리에 단단하게 매여 있다.

사각형의 짧은 머리에 날카로운 눈, 딱 벌어진 어깨는 누가 봐도 그가 보통의 고수가 아니라는 것을 알 수 있었다.

"싸움 좀 해 본 것 같은데?"

"흐흠, 오늘 몸이 안 좋아서."

"모건 해적단의 간부인 이 몸이 한 명 때문에 나서는 건 말이 안 되지."

안틸레온의 외모만 보고도 겁을 먹은 자칭 모건 해적단 출신 세 두목들은 이리저리 핑계를 대며 빠져나가려고 했다.

"저자를 잡는 산적단에게 내가 가진 돈을 내놓지. 어때?"

아카드가 두목들에게 금괴 하나와 회중시계를 흔든다. 산적들이 그토록 원하던 귀금속이다.

꼬르륵!

갑자기 콜먼의 배에서 이상한 소리가 들렸다. 며칠간 죽한 그릇 제대로 먹지 못한 상태라 금덩이를 보자마자 신체가 자동으로 반응한다.

'저거 하나면 몇 달간 쌀밥을 먹을 수 있다!'

산적들도 한마음으로 자신들의 두목들이 나서 주길 바랐다. 상황을 지켜보던 마운틴이 다급하게 두목들 앞으로 나왔다.

"저자를 잡는 산적에게 그걸 다 준다는 것이냐?"

"아니지. 그러면 불공평하지."

아카드는 고개를 흔들었다. 그가 보고 싶은 건 산적들의 싸움 실력이 아니라 개싸움이다.

"동시에 덤벼. 저자에게 가장 많은 상처를 입힌 산적에게 금괴를 기부하도록 하지."

그 말에 두목들의 얼굴이 환해졌다.

'상대가 강해 보이지만 쪽수에 장사 있겠어? 다른 사람들이 때린 곳만 공략하면 승산이 있다!'

두목들은 서로를 향해 고개를 끄덕이며 동맹을 맺었다.

달려오는 안틸레온을 향해 세 두목은 길을 막았다. 그러고는 백만 대군 앞에 선 장수처럼 의기양양한 표정을 지으며 고함을 질렀다.

"모두 저자를 쳐라!"

Chapter 3.

드러나는 윌슨 왕국의 음모

　월슨 왕국 수도 리하드의 가장 높은 건물은 대륙은행 본점이다.

　일반적으로 제국이나 왕국은 그 나라의 지배자가 사는 건물이 가장 높기 마련이다. 하지만 월슨 왕국은 삼각 원통 모양의 대륙은행 본점이 가장 높고 웅대하다.

　슬프게도 월슨 왕국의 실질적인 지배자가 누구인지를 보여 주는 극명한 현실이다.

　어두운 밤.

　대륙은행 본점 옥상에서는 화려한 도시와 어울리지 않게 검고 칙칙한 로브를 입은 자와 깔끔한 맞춤 슈트를 입고 있는 두 사람이 서로를 마주 보고 서 있었다.

"교단에서는 소로스 님이 보여 주신 성과에 대해 실망하고 계십니다."

"흥! 교단이 아니라 너를 포함한 온건파 늙다리들이겠지."

"말조심하시오! 아무리 그랜드 마스터라고 해도 그분들께 함부로 말한다면 가만있지 않을 것이오."

로브를 입은 자가 바닥을 향해 오른쪽 손바닥을 펼쳤다. 그러자 바닥에서 흐물흐물한 회색 연기가 피어올라 덩어리로 뭉친다.

"그래서 뭐? 사도 따위가 교주이자 그랜드 마스터인 나에게 덤비기라도 하겠다는 거야?"

슈트를 입은 자의 손에서는 검은색 마법구가 떠올랐다. 파괴 흑마법 중 하나인 어둠의 구체라는 마법이다.

"아직 바디체인지 마법의 후유증 때문에 마나가 불안전할 텐데 혼자서 날 이길 수 있겠소?"

"누가 혼자라고 했나?"

슈트를 입은 남자가 로브를 걸친 사내를 비웃으며 어둠의 구체를 하늘로 높이 던졌다. 하늘 중앙에서 검은 구슬이 터지면서 수도 리하드 전체에 불길함과 음흉함을 쏟아낸다.

쾅! 쾅! 콰쾅!

어둠의 구체가 하늘에서 터지고 얼마 되지 않아 검은 그림자가 옥상 위로 빛처럼 쏟아진다. 그림자들이 쏟아진 자리에 검은 기사들이 서서히 모습을 드러냈다.

치치칭!

붉은빛이 넘실거리는 기사들의 검이 한 사람에게 향했다.

"교단의 사자들이 어떻게 이곳에 다 모였단 말인가. 소로스 이자가 설마 교단에 반역을?"

로브를 입은 자가 검은 기사들이 이곳에 나타난 것에 대해 혼란스러운 표정을 지었다. 교단의 충실한 사냥꾼들이 자신을 포위하다니. 있을 수도 없는 일이다.

검은 기사들의 정체는 암흑 교단의 사자들.

암흑 교단의 은밀한 칼이 되기 위해 만들어진 자들이다. 주로 암흑 교단 계획에 걸림돌이 될 인물을 제거하거나 납치하는 임무를 지닌다.

암흑 교단은 고대 전쟁의 주범으로 찍혀 천 년이 넘는 동안 은밀한 곳에서 대륙을 움직여왔다.

천 년 동안 수많은 왕국에서 벌어진 혁명이라 불리는 내전은 물론이고, 최근에 벌어진 대륙 전쟁조차 그들의 손에서 이뤄진 작품이었다.

천 년 전, 무력으로 대륙을 지배하려는 시도가 실패로 끝난 이후 지하로 숨어든 교단은 끊임없이 연구했다.

혁명을 일으켜도 보고 내전을 일으켜도 보고, 전쟁을 통해 국가들을 통합시켜 보기도 했다. 또한 과거부터 쌓아 온 고대 지식을 이용해 신기술로 세상을 바꿔 보기도 했다.

하지만 잠깐일 뿐, 암흑 교단이 원하는 소수집단을 통한 대륙 지배의 꿈은 이루어지지 않았다.

암흑 교단은 영원히 풀리지 않는 숙원을 이루기 위해 다른 방식으로 접근하고 연구했다. 환경적인 외부 요인이 아니라 인간의 내면적인 요인에 주목한 것이다.

인간의 이기심.

암흑 교단이 주목한 것이 바로 이것이다. 그들은 인간의 이기심을 파고들기 시작했고, 무력이 아닌 경제에 눈을 돌렸다.

그리고 결론을 내렸다.

무력에 의해 만들어진 계급보다, 경제를 이용한 계급이 오래간다는 것을.

암흑 교단은 이것이야말로 인간을 영원히 노예화할 수 있는 수단이라고 보고 치밀하게 준비했다.

그 결과가 은행과 4대 상단이었다.

암흑 교단은 그동안 모은 지식과 재화를 모두 투입해 보부상에 불과한 상인들을 키웠고, 은행이라는 집단을 만들어 상인을 통제할 컨트롤 타워로 내세웠다.

효과는 바로 나타났다.

4대 상단은 빠르게 대륙의 중소 상단들을 흡수하며 두각을 드러냈고, 은행은 나라 곳곳에 파고들며 국가 경제를 손에 넣기 시작했다.

원래의 계획대로라면 지금쯤 은행이 각 나라의 화폐 통제권을 손에 넣고 하나의 화폐로 통합하는 단계에 들어서야 했다.

하지만 아카드라는 인물의 등장으로 제국은행은 뺏기고, 4대 상단 중 살아남은 두 개의 상단은 윌슨 왕국으로 도망쳐야 했다.

경제를 통한 대륙의 지배라는 원대한 꿈에 다다랐던 암흑 교단의 계획은 완성 직전에 철저히 무너졌다.

"이 일에 대해 누군가는 책임을 져야 하오."

로브의 인물은 교단을 움직이는 사도 중 하나로 소환 마법 마스터 그로울리다. 교단의 온건파 수장으로, 소로스의 외아들 루빈에게 소환 마법을 전해 준 인물이다.

"그 누군가가 내가 되어서는 곤란하지."

"교단으로부터 전권을 위임받은 그랜드 마스터가 책임을 지지 않는다면 누가 책임진단 말이오."

그로울리와 마주 보고 있는 인물은 소로스 은행장이다. 그는 그로울리를 향해 히죽거리며 고개를 저었다.

"너와 온건파의 직무 유기 아닌가?"

"책임 회피를 하시겠다는 거요?"

"책임 회피는 내가 아니라 당신들이 한 거지. 정령사 하나가 내 일을 훼방 놓을 동안 당신들이 한 게 뭐지? 정령사를 처단하는 건 당신들의 임무 아닌가?"

"헛소리 그만하시오. 정령사라니. 정령사는 500년 전, 샤피르를 끝으로 맥이 끊긴 걸 당신도 잘 알 텐데."

천 년이라는 오랜 시간 동안 버텨 온 암흑 교단이지만 내부를 살펴보면 두 개의 파로 나뉘어졌다.

철저하게 능력에 따라 계급으로 나누어 최상위 계층이 인간을 다스려야 한다는 입장의 급진파. 그리고 인간과 더불어 점진적으로 발전시켜야 한다고 주장하는 온건파로 나누어졌다.

치열하게 대립하는 두 계파의 충돌을 최소화하기 위해 암흑 교단에서는 임무를 분리했다.

인간 세상에 직접 개입하는 것은 급진파가, 흑마법 연구와 암흑 교단에 방해되는 인물 제거는 온건파가 맡는 것으로 합의를 보았다.

그로울리는 온건파에게 책임 소재를 돌리는 소로스의 말

을 믿지 않았다. 500년 전, 마지막 정령사 샤피르의 목숨을 손수 끊은 사람이 자신이었기 때문이다.

"내 아들의 죽음, 그린 몬스터를 복용하고도 살아난 장본인, 루시르 폰 클라우스가 수장으로 있는 정보청 1국의 화재. 한 사람이 일으킨 세 사건을 통해 느껴지는 바가 없나?"

"……."

그로울리는 꿀 먹은 벙어리가 됐다.

다른 건 다 제쳐 두더라도 그린 몬스터를 복용한 후 살아났다는 것이 이해하기 힘들었다.

그 독을 처음 발명하고 대륙에 은밀하게 뿌린 단체가 암흑 교단이다. 그린 몬스터의 발명 목적이 소드 마스터의 암살이었기에 효과와 해독 방법에 대해서는 누구보다 그가 잘 알고 있었다. 마도사급 불의 마법사나 불의 정령사가 아니면 절대 완치가 불가능하다.

"불의 마법사가 도와줬을 수도 있고……."

"현재 대륙에 진짜 마도사라 불릴 만한 인물이 존재한다고 생각하나? 아, 하나 있군. 레이놀드 총장. 하지만 살날이 얼마 남지 않은 영감이 남을 치료하고도 아직까지 생생하게 살아 있는 게 가능할까?"

"추측만으로 정령사라고 단정 지을 순 없소."

"정령사가 맞으면? 온건파는 모든 책임을 지고 사도 자리에서 물러날 건가?"

그로울리는 쉽게 대답하지 못했다. 사도 자리에서 물러난다는 것은 암흑 교단의 운영권을 급진파에게 넘긴다는 뜻이니까.

"이번 일이 모두 나의 실수로 인한 거라면 그랜드 마스터와 사도의 자리에서 물러나도록 하지. 만약 온건파의 수장인 당신의 실수라면 어떻게 책임질 거지?"

"일단 책임 소재에 관한 교단의 판단은 잠시 미루도록 합시다. 기 싸움은 여기까지오."

"현명한 판단이야."

소로스가 검은 기사들에게 눈짓을 하자 그들이 칼을 거두었다. 그의 말에 복종하는 교단 사자들을 보며 그로울리는 분노를 드러냈다.

"다음부터 이런 환대는 용서하지 않겠소."

"자네의 입에서 나오는 말에 따라 달라지겠지."

그로울리의 신체가 점점 줄어든다. 줄어든 신체는 회색의 먼지 덩어리가 되어 공중으로 흩어지기 시작했다.

완전히 육체의 모습이 사라지기 전, 그로울리가 질문했다.

"정령사라고 생각되는 그자의 이름이 뭐요?"

그로울리의 질문에 소로스 은행장은 세상의 빛을 다 빨아들일 것 같은 검은 눈동자로 천천히 입을 열었다.

　"아카드."

＊　　　＊　　　＊

　"전체 앞으로 구릅니다."

　안틸레온의 구호에 맞춰 산적들이 어깨동무를 한 채 앞으로 굴렀다. 각 산적단이 단체로 움직이니 주변으로 뿌연 흙먼지가 진동을 한다.

　"어깨 손 놓친 사람 보입니다. 2조는 제자리 뛰기 백 번 합니다. 알겠습니까?"

　"커허허헉!"

　"백 번이나…… 어떤 새끼야!"

　안틸레온에게 지적받은 자칭 모건 해적단 돌격대장 휘하의 산적들은 투덜거리면서 어깨동무 손을 놓친 범인을 찾아 댔다. 기합을 견디지 못하고 손을 놓친 범인은 다름 아닌 그들의 두목이다.

　"아후, 두목만 아니었으면."

　"해적단 돌격대장이 이딴 기합 하나 견디지 못한담."

　부하들은 차마 욕은 하지 못하고 눈을 부라리는 것으로

화를 삼켜야 했다. 믿었던 두목들의 실력이 만천하에 드러난 이상 산적들은 더 이상 자신의 두목을 믿지 않았다.

"거기 2조는 뭐합니까? 제자리 뛰기 이백 번 실시합니다. 몇 번?"

"이백 번!"

"목소리 작습니다. 삼백 번 실시합니다. 몇 번?"

"삼백 번!!"

"실시!"

안틸레온의 목소리에 맞춰 2조 산적들은 죽을힘을 다해 제자리 뛰기를 시작했다. 2조의 모습을 바라보던 1조와 3조 산적들은 불신에 가득 찬 눈으로 자신들의 두목을 노려보았다.

두목에 대한 믿음이 깨진 것은 30분 전.

"저리 비켜라!"

말 위에 탄 사내는 산적들을 향해 고함쳤다. 특히 아카드와 가까워질수록 사내의 이마에는 땀이 흘러내렸다.

"가소로운 자식. 형님이 살살 다뤄 주마."

"말은 내 것이다. 건들지 마라!"

"저 갑옷은 내 것."

세 두목은 달려오는 말을 향해 힘껏 서로의 무기를 휘둘렀다. 예상대로라면 말이 놀라 사내를 떨어뜨려야 정상이다.

하지만 예상은 완벽하게 어긋났다.

사내는 짜증 난 표정으로 말 등에 메여 있는 창을 들고 가볍게 막았다.

'꽝!' 하는 소리와 함께.

"컥!"

세 사람은 사내의 창 한 번에 뒤로 밀려나다가 그 자리에 주저앉고 말았다.

단 한 번의 충돌이지만, 실력의 차이가 확연하게 드러났다. 절대 자신들과 같은 사람으로 보이질 않았다.

"한 번만 더 내 앞을 막으면 다 벤다."

사내가 다시 창을 들고 공격하려고 할 때, 뒤에 있던 산적들은 더 이상 안 되겠다고 생각했는지 서로의 눈을 보며 협공을 했다.

그러나 어느새 사내의 창은 빠른 속도로 산적들에게 날아들었다. 평범한 산적들은 감히 예측할 수 없는 기묘한 방향으로 파고들어 그들의 무기를 모두 쳐 내 버렸다.

산적들은 단 한 번의 일합에 자신들의 손목이 시큰거림을 느끼고 뒷걸음질 쳤다. 그들은 자신들이 전부 덤벼도 이길 수 없다는 사실을 깨우쳤다.

사내의 말이 터벅거리며 자신들을 지나칠 때, 산적들은

모두 기가 질려 고개를 들지 못했다. 우왕좌왕하며 사내에게서 멀어지려고 발버둥치는 산적들이 불쌍해 보이기까지 했다.

'절대 이길 수 없어. 저런 자를 어떻게 이기란 말인가.'

산적 두목들이 사내가 지나갈 때마다 고개를 숙였다. 제발 살아서 자신의 마누라와 다시 재회하기만을 간절히 빌고 있을 때였다.

"애들 겁 그만 주지? 몸 풀고 싶으면 나랑 한판 하든가."

산적들의 유일한 고객이 미쳐 날뛰는 마왕 앞에 나섰다. 고객의 운명은 태풍 앞의 찻잔처럼 위태로워 보였다.

"아이고, 이게 누구십니까? 백작님 아니십니까? 타지에서 이렇게 만나 뵈니 어찌나 반가운지."

하지만 사내는 놀랍게도 마왕에서 순순한 양으로 변모했다.

산적들이 어떻게 된 일인지 모르지만 살았다고 만세를 부를 때 믿었던 고객이 배신했다.

"클라우스 기사단의 부기사단장이라고 했지? 애들 교육 좀 빡세게 시켜야겠어."

"그게 무슨 말씀이신지?"

아카드는 씨익 웃으며 산적들을 돌아보았다.

"여기 모건 해적단이라고 주장하는 새끼들이 많아서 말

이지. 빡세게 굴려!"

그 직후, 산적들의 신음 소리와 헐떡이는 숨소리만 뻥 뚫린 평야에 울려 퍼졌다. 산적들의 얼굴에는 온통 멍과 상처 자국이 가득했다.

그럼에도 지옥의 극기 훈련은 도대체 끝이 보이지 않았다.

"배고파요."

만약 에레나가 마차에서 나오지 않았다면 그들은 훈련받다가 죽은 최초의 산적으로 기록되었으리라. 어찌 됐건 산적들은 천사의 등장으로 안틸레온이라는 마왕의 감시에서 조금 숨을 돌릴 수 있었다.

"백작님. 아가씨가 많이 피곤하신 거 같은데 오늘은 이곳에서 묵으시죠?"

"에레나를 땅바닥에서 재우라고?"

"설마 그런 망언을 드렸겠습니까? 쟤네들 있지 않습니까?"

안틸레온이 산적들을 가리키며 눈짓했다.

"어딘지 물어봐."

"제가 말입니까?"

"백작인 내가 물어볼까? 아니면 너희 가문 아가씨에게 시켜?"

"안 그래도 물어보려고 마음먹었지 말입니다."

계급이 깡패라 안틸레온은 어쩔 수 없이 바닥에 널브러져 있는 산적들을 향해 걸어갔다.

기분 나쁜 티를 팍팍 내면서.

"야! 너희들 본거지 하루 빌려야겠다. 혹시 불만 있는 사람?"

*　　　*　　　*

아카드 일행은 세 산적들 본거지 중 가장 가까운 콜먼 산적 마을로 향했다.

콜먼의 본거지는 산맥 구석 절벽에 위치했다. 보기에도 엉성한 나무로 기둥을 세우고 흙벽을 바른 집들이 좁은 땅에 빽빽하게 서 있었다.

백여 명이 산다고 들었는데, 그 인원수에 비해 작고 초라한 마을이다. 이런 곳에 사람이 산다는 것 자체가 신기하다는 생각이 들 정도다.

"여, 여깁니다. 누추한 곳에 이런 귀한 분들을 모셔도 될지……."

아카드 일행의 안내를 맡은 부두목 마운틴이 아카드 일행의 눈치를 보며 말끝을 흐렸다. 두목인 콜먼이 준비를 핑계로 빠지는 바람에 마왕 일행들의 안내는 그의 몫이 되었다.

"확실히 누추하네. 윽."

"그런 말은 이분들에게 실례라고요."

아카드가 솔직한 심정으로 대답했다. 듣고 있던 에레나가 그의 옆구리를 쿡 찌르며 노려보았다. 하지만 그는 거리낌 없는 표정으로 마을에 들어섰다.

마을 중앙에는 연기가 모락모락 나는 커다란 검은 솥이 있고, 그 주변으로 많은 사람들이 몰려서 뭔가를 하고 있었다. 그들은 아카드 일행이 마을 입구에 들어서자 하던 일을 멈추고 쳐다보았다.

경계와 두려움이 뒤섞인 눈빛들.

마을의 누구도 아카드 일행에게 말을 걸거나 다가오려 하지 않았다. 옷차림부터 자신들과 다르다는 것을 알고는 시선을 회피하거나 고개를 돌렸다.

아카드 일행은 낯선 마을 사람들의 시선 세례를 받으며 마운틴의 집 안으로 들어왔다. 안으로 들어오자마자 안틸레온이 불만스러운 표정으로 투덜거렸다.

"마을 사람들의 시선이 왜 이래? 누가 보면 우리가 마을 사람들 약탈하러 온 산적인 줄 알겠어."

"오…… 오해십니다."

"괜찮아. 안 잡아먹으니까 솔직히 이야기해 봐."

안틸레온의 질문에 마운틴이 머뭇거렸다.

"여기 사람들은 귀족이나 상인들을 무서워합니다. 산속에서 외부 사람들의 목소리만 들어도 자신들을 잡으러 온 윌슨 왕국 기사로 생각하거든요."

"윌슨 왕국 기사? 걔네들이 여기까지 와?"

"종종 그루먼 상단의 사주를 받은 기사들이 산속으로 쳐들어와서는 사람들을 유황 광산으로 끌고 갑니다."

"그루먼 상단? 4대 상단 중 무기 상단을 말하는 건가?"

"맞습니다요."

마운틴은 생각만 해도 두렵다는 표정으로 말을 꺼냈다.

"그럴 리가 없는데. 여긴 세 나라의 중립 지역이라 공식적으로 병사나 기사들이 출병할 수 없는 곳인데."

안틸레온이 고개를 갸웃하며 중얼거렸다.

절묘하게도 이 산맥에 노틸러스 제국, 다인 왕국, 윌슨 왕국 국경이 맞닿아 있다. 세 나라는 이 근방을 세 나라의 중립 지역으로 인정하고 병사를 보낼 시 침략으로 간주한다는 조약을 맺었다.

"자주 오는 편인가?"

"근래 들어 부쩍 산속에 출입하는 횟수가 늘었습죠. 일단 이거라도 드시고 이야기하시죠. 입맛에 맞으실지 모르겠습니다."

마운틴이 미안한 표정을 지으며 마을 사람 하나가 건네준 음식 쟁반을 들고 왔다. 쟁반에는 단순하게 김이 모락모락 나는 스튜 하나만 놓여있다.

식당에서 파는 것과는 달리 뿌연 국물 위에는 한두 가지 야채와 고깃덩어리가 전부였다.

"안 그래도 따뜻한 국물을 먹고 싶었는데. 잘 먹을게요."

유일하게 마을 사람들의 환한 미소를 받은 에레나가 큼지막하게 한 숟갈을 자신의 입으로 집어넣었다. 추운 날씨 덕분인지 따뜻한 국물이 반가운가 보다.

"아이고. 천사님이 그렇게 말씀하시니 몸들 바를 모르겠습니다."

"이게 사람이 먹을 만한 음식이…… 으."

에레나 옆에서 한 숟갈 뜨던 아카드가 인상을 찌푸렸다. 밋밋하고 간이 되어 있지 않은 스튜의 맛을 지적하려고 하자 에레나가 그의 옆구리를 꼬집었다.

"이 스튜 꽤 맛있는 거 같지 않아요?"

에레나가 아카드를 향해 방긋 웃었다.

하지만 에레나의 웃음과 목소리에는 대답을 강요하는 협박의 기운이 다분히 묻어났다. 아카드는 피식 웃으며 그녀의 귀여운 협박에 손을 들었다.

"어, 어. 다시 생각해 보니 먹을 만하네."

"아가씨. 저도 엄청 맛있지 말입니다."

세 사람 중 가장 발언권이 약한 안틸레온은 마운틴에게 '당장 소금 가져와!' 라고 소리치려다가 급하게 말을 바꿨다.

"기사라는 자가 그렇게 줏대가 없어서야."

옆자리에 있던 아카드가 얄밉다는 표정으로 안틸레온의 뒤통수를 후려 갈겼다.

"갑자기 왜 그러십니까?"

"그렇게 맛있으면 내 것까지 다 먹든가."

불시에 일격을 당한 안틸레온이 인상을 찌푸리며 아카드를 노려보았다. 하지만 아카드의 관심은 다른 곳으로 향해 있었다.

"아까 하던 이야기 계속하지. 유황이 도대체 뭐지?"

아카드는 마운틴을 향해 물었다. 일행 중 유황에 관해 아는 사람은 아무도 없는 데다가 다인 왕국과 그루먼 상단에 관한 일이기에 관심이 갈 수밖에 없었다.

"피부병이나 상처 소독하는 데 쓰이는 가루입죠. 화산 지대에 사는 사람들이 분화구 근처 바위에 묻어 있는 노란 가루를 채취해서 치료소에 팔곤 합니다."

"치료소에 쓰이는 소독약 따위를 확보하기 위해 그루먼 상단이 움직인다고? 뭔가 이상한데."

아카드의 표정이 복잡했다. 전쟁을 치르기 위해 상단들이 식량, 철, 약품 등을 사재기하는 건 전혀 이상한 일이 아니다.

그러나 4대 상단이라면 이야기가 다르다.

4대 상단 중 가장 규모가 크고 비밀에 둘러싸여 있는 그루먼 상단의 움직임이라고 보기에는 여러모로 의심이 간다. 고작 소독약에 불과한 유황을 확보하기 위해 평판을 떨어뜨리면서까지 사람들까지 납치한다는 것이 이해가 되지 않았다.

소독약을 대체할 물건은 유황 말고도 얼마든지 있었기 때문이다.

"유황 광산으로 사람들을 데려간 게 언제부터지?"

"한…… 육 개월 정도 되었습니다. 그건 왜 물으십니까?"

"그루먼 상단이 유황 말고 다른 약품들도 사 모으는 중인가?"

"딱히 그런 거 같지는 않았습니다요."

마운틴이 잠시 생각하더니 고개를 저었다.

"약품이 모자라서 가격이 껑충 뛰거나 동난 적도 없고?"

"지금은 잘 모르겠습니다만…… 도망치기 전인 4개월

전까지만 해도 약품 가격이 막 오르거나 동난 적은 없었습니다."

아카드는 고개를 갸웃했다.

한 가지 물품이 필요해서 4대 상단이 뛰어들었다면, 다른 대체재들의 가격도 요동을 치는 것이 정상적인 현상이다.

"이상한데? 그렇지 않아?"

"그러네요. 유황이라는 물품이 특별한 효과가 있지 않는 이상 같은 효과가 있는 물품들은 수요에 따라 가격이 함께 움직인다고 배웠는데……."

아카드의 혼잣말에 맞은편에 있던 에레나도 한 손으로 고개를 괴며 중얼거렸다. 아카데미 경영학 수업에서 배운 내용이 떠올랐나보다.

"특별한 효과? 설마……?"

뭔가를 생각하던 아카드가 눈이 커지며 마운틴의 몸을 잡았다. 그러고는 심각한 표정으로 외쳤다.

"유황 광산의 위치가 어디지?"

*　　　　*　　　　*

윌슨 왕국 수도 리하드의 야심한 밤.

은행 업무 시간이 끝난 지 한참이 지났음에도 호화로운 마차 하나가 대륙은행 정문을 통과했다. 정문에 서 있던 남자 하나가 마차를 보자마자 뛰어가 문을 열었다.

"어서 오십시오. 은행장님께서 기다리고 계십니다."

검은색 마차의 문이 열리고 모습을 드러내는 다리는 너무나 가늘었다. 빨간 구두 위로 드러나는 뽀얀 맨살은 무릎 위를 덮고 있는 빨간 실크 원피스까지 이어졌다.

"무슨 일이죠?"

마차에서 내린 사람은 여인이었다.

얼굴은 검은 면사로 가려 보이지 않았지만 목소리에는 짜증이 가득했다. 야심한 밤에 자신을 부른 것에 대해 화가 많이 난 것처럼 보였다.

"저는 아무것도 모릅니다. 따라오시지요."

여인은 마음에 안 든다는 표정으로 남자를 노려보더니 뒤를 따랐다. 꼭대기 층에서 내린 남자는 어두컴컴한 복도 끝에 서서 발걸음을 멈췄다.

"들어가시지요. 안에서 기다리고 계십니다."

어둠 때문에 잘 보이지도 않는 문 앞에 선 남자가 능숙하게 손잡이를 잡아 돌렸다. 열자마자 방 안에서 익숙한 목소리가 그녀를 반겼다.

"그동안 잘 지내셨는가?"

방 안에서 들리는 신경을 긁는 목소리에 여인의 얼굴이 어두워졌다. 하지만 평소와 다름없이 표정을 바꾸고는 방 안으로 태연한 자세로 들어갔다.

"오랜만에 뵙는 거 같습니다. 은행장님."

"상단주도 오랜만이야. 이리 앉지."

여인의 정체는 무기 시장의 여왕이라 불리는 그루먼 상단의 주인인 노스 상단주다. 그녀는 소로스 은행장의 부활 소식을 그림자들을 통해 은밀하게 전해 받았다.

특별한 지시 사항이 적혀 있는 두루마리와 함께…….

"내가 없는 사이에 얼굴이 많이 좋아진 거 같군."

"그럴 리가요. 단단히 오해를 하신 것 같군요."

여인은 평소의 대담한 모습과는 달리 이마에 땀이 맺혔다.

"오해겠지. 또 그래야만 하고. 안 그래?"

소로스는 피식 웃으며 찻잔으로 손을 뻗었다. 신체가 바뀌어서 그런지 잔을 들고 있는 손목은 심하게 떨리고 있었다.

준비되지 않은 상태에서 남의 신체를 강탈하면서 생긴 부작용이다. 뿐만 아니라 은행장의 피부 곳곳에서 종기들이 불긋하게 올라오고 있었다.

"이 짓도 못 해 먹겠군."

소로스 은행장이 짜증스러운 목소리를 내며 찻잔을 집어 던졌다.

"오늘 내가 부른 이유는 알고 있겠지? 그림자들의 보고를 들어 보니 지시한 목표량에 많이 모자라다고 들었는데."

"아무리 임금을 올려 줘도 광산에서 일하겠다는 지원자가 없습니다. 기사들이 납치한 노예들도 점점 줄어들고 있고. 인력이 모자랍니다."

"인력이 모자라? 보고 듣기로는 그루먼 무기 공장은 밤낮으로 잘만 돌아간다고 하던데? 공장에서 일하는 드워프들만 동원해도 금방 목표량을 채울 수 있을 것 같은데."

"안 됩니다! 제국은행 파산 사건으로 노틸러스 제국이라는 큰 고객이 사라진 상황에서 드워프들까지 잃는다면 저희 상단은 손해가 막심합니다. 또한 신무기를 만들기 위해선 드워프들의 손기술이 반드시 필요합니다. 다시 한 번 고려해 주셨으면 합니다. 은행장님."

노스 상단주는 가냘픈 목덜미를 떨구며 고개를 숙였다. 그녀는 제국은행 파산 사건까지 은근슬쩍 거론하며 무기 상단의 핵심인 드워프들을 지키려 애썼다.

"이것 참!"

소로스 은행장은 너털웃음을 짓더니 갑자기 손을 뻗어

노스 상단주의 턱을 움켜쥐었다.

"내가 지금 부탁하는 것으로 보이나?"

"우우웁!"

노스 상단주는 팔을 휘저으며 고통에서 벗어나려고 했다. 그러나 소로스 은행장의 손에서 피어난 검은 기운이 그녀의 몸을 옭아매었다.

"이건 명령이야. 네년이 그렇게 아끼는 드워프들을 잃기 싫으면 목표량을 채워. 알겠나?"

검은 기운이 노스 상단주 얼굴까지 덮어 버리기 직전 그녀는 사력을 다해 고개를 끄덕였다.

"앞으로도 쭉 그렇게 숙여야 할 거야. 네년이 대단해서 살려 주는 게 아니야. 쓸모가 있어서 살려 주는 거지."

말을 끝낸 소로스가 자신의 손을 거두었다. 그러자 노스 상단주의 몸이 바닥에 쓰러졌다. 그녀는 온몸을 들썩이며 몸을 가누지 못했다.

"다음 달부터 새 화폐가 추가 발행될 예정이야."

"그게 무슨……?"

노스 상단주는 지친 몸을 일으키며 눈을 크게 떴다. 금방이라도 쓰러져도 이상하지 않을 몸을 움직일 정도로 놀랄 만한 정보였다.

"왕도 바뀌었으니 상단계도 청소 한번 해야지. 이 정보로 상계를 집어삼키든 구워삶든 알아서 해. 그만 가 봐."

소로스 은행장은 할 말 다했다는 표정으로 손을 휘저었다.

"스탠 상단을 먹어도 되나요?"

노스 상단주가 온 힘을 짜내 소리쳤다. 4대 상단 중 자신의 상단과 어깨를 나란히 하는 유일한 경쟁자를 먹어 버리겠다는 그녀의 요구는 매우 과감했다.

"뭐? 스탠 상단을?"

"네. 스탠 상단을 주신다면 유황 광산 일로 걱정 끼치는 일은 없을 겁니다."

"하하하하하하!"

소로스 은행장은 재밌다는 표정으로 노스 상단주를 쳐다보더니 곧이어 방 안이 떠나갈 듯이 소리를 내며 웃었다.

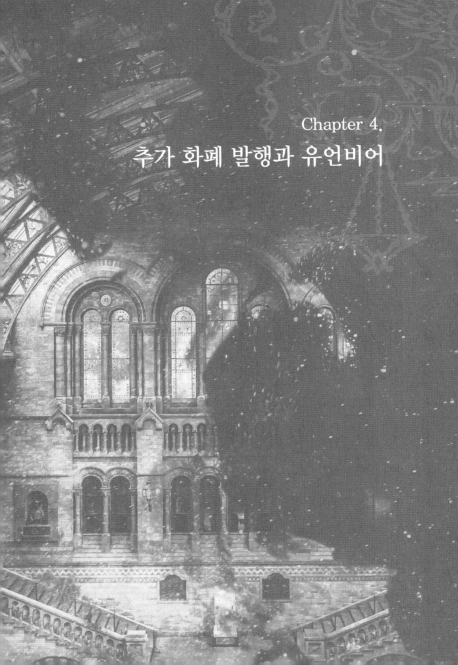

Chapter 4.
추가 화폐 발행과 유언비어

　억수같이 비가 쏟아진다는 말에 딱 어울릴 만큼의 비였다. 산적 마을을 출발한 지 삼 일 만에 쏟아지기 시작한 장대비는 결국 두 사람을 태운 말을 따라잡았다.

　고삐를 잡고 있는 아카드의 양팔에서 심한 떨림이 전해졌다. 앞에 앉아 비를 고스란히 맞은 에레나의 움직임이 그대로 전해질 정도다.

　유황에 대한 정보를 듣자마자 아카드는 급하게 일정을 바꿨다. 유황이라는 것이 진 제국의 태사가 말한 신무기와 관계가 있을 것 같은 본능 때문이다.

　결론을 내리자마자 아카드는 안틸레온을 은밀히 불렀다.

에레나와 함께 다인 왕국으로 가서 교황과의 만남을 주선하고 있을 윌 크로우 2세에게 몸을 의탁하라고 명령했다.

안틸레온 입장에서도 소공녀가 제국과 사이가 극도로 나빠진 윌슨 왕국으로 향하는 것보다는 다인 왕국이 안전하다고 생각해서인지 불만 없이 받아들였다.

문제는 에레나가 어떻게 아카드가 혼자 가는 것을 알았는지 길목에서 기다리고 있었다는 점이었다. 끝까지 함께 가겠다는 그녀의 고집에 아카드는 항복하고 말았다.

'그러게 다인 왕국에 먼저 가 있으라니까 괜히 고집을 부려서……'

불 정령의 기운을 일으켜 에레나의 옆구리에 온기를 전하자 떨림은 멈췄다. 그러나 여독 때문인지 몸이 휘청거린다.

'실리안. 주변에 묵을 만한 마을이 있는지 찾아봐.'

—맨날 힘든 건 나만 시켜.

아카드의 몸속에서 쉬고 있던 실리안이 투덜거리며 밖으로 사라졌다.

"조금만 기다려. 곧 쉴 만한 곳이 있을 거야."

"전 끄떡없어요. 걱정하지 마요."

여자의 몸으로 힘들 텐데도 에레나는 애써 밝은 표정으로 대답했다. 그녀가 그럴수록 아카드의 마음은 점점 무거워졌다.

'아직 못 찾았어?'

—마스터. 나 출발한 지 1분도 안 됐거든?

'그러니까 있어, 없어?'

—내가 누구야. 정령계의 신성이자 암살 기술까지 익힌 천재 정령…….

'라그니스.'

—아이, 씨! 100미터만 직진하다가 오른쪽으로 꺾으면 교회 하나가 있다.

실리안의 말을 듣자마자 아카드는 말의 고삐를 바싹 잡아당겼다. 빗줄기로 자욱한 시야 속에서 교회 하나를 발견하고는 다행이다 싶어 뛰어들었다.

수도원과 달리 외딴곳에 위치한 교회는 상인이나 여행객, 순례자들에게 숙박을 제공하고 안전한 여행을 기도해주는 대가로 기부를 받아 운영하는 곳이다.

그러다 보니 이방인에 대한 거부감이 없었다.

그러나 기본적으로 교회다 보니 에레나를 부인이라고 둘러댄 후 금화를 기부하고서야 안으로 들어갈 수 있었다. 옆구리에서 에레나의 따끔한 손길이 느껴졌지만 교회의 분위기를 알아서인지 제법 능숙하게 연기를 해냈다.

아직까지 교회에서는 남녀 관계에 대한 엄격한 교리가

존재한다. 교회가 볼 때는, 수녀가 아니라 성녀라 할지라도 외간 남자와의 여행은 철저히 금하고 있었다.

넉넉한 기부로 교회에서 어렵지 않게 방 하나를 빌린 후 돌아오니 에레나가 침대에 팔을 기댄 채로 잠들어 있었다.

얼마나 피곤했는지 흠뻑 젖은 겉옷을 입은 채로 누워 있다. 이대로 놔두면 꼼짝없이 몸살에 걸릴 판이다.

'라그니스. 그녀가 깨지 않게 말려.'

—불 정령 체면이 있지, 정령계의 무법자인 내가 이런 일에 능력을 쓸 순…… 헙!

라그니스는 거들먹거리다가 아카드의 눈을 보자마자 얼어붙었다. 딱 분위기가 계약 해지하자는 말 나오기 일보 직전처럼 보였다.

—내가 또 빨래 말리는 데는 일가견이 있는 정령이지. 강하게? 아니면 약하게?

'그녀가 기분 좋은 꿈을 꿀 수 있을 만큼.'

—아이, 씨. 엄청 힘들게 말하네. 실리안 이 새끼 얼른 안 튀어나와?

아리송한 마스터의 요구에 라그니스는 실리안까지 동원하며 뜨거운 열기를 바람에 실었다. 기분 좋은 따스함이 그녀의 몸 곳곳을 헤집으며 습기를 날려버렸다.

"아흠, 따뜻해."

돌아보니 베개를 껴안고 잠든 에레나의 얼굴에 미소가 피어났다. 아카드는 그 모습에 흐뭇한 미소를 지으며 그녀 옆에 살포시 누웠다.

*　　　　*　　　　*

보통 국경 지대와 멀지 않은 이런 교회나 여관은 정보 수집을 하기에 안성맞춤이다. 특히 교회에 기부하고 묵을 정도면 어느 정도 여유가 있는 사람들이 모인다고 봐도 무방하다.

기분 좋은 표정으로 깨어난 에레나와 아카드가 아침 식사를 먹기 위해 교회 식당으로 도착했을 때는 몇 무리의 사람들이 벌써 식사를 하고 있었다. 대충 살펴봐도 상인들 무리로 보였다.

"이번 상행은 완전 망했군. 이럴 줄 알았으면 다인 왕국으로 향하는 건데."

"물건을 다 팔았다고 좋아했는데, 하필 화폐를 추가로 발행할 줄이야. 이렇게 되면 환전할 때 완전 손해 보는 장사인데. 큰일이군."

"윌슨 왕국도 예전 같지 않아. 그렇게 침이 마르도록 자랑하던 치안도 불안하고 상계는 흔들리고 말이지."

"곳곳에서 납치 사건이 일어난다지?"

"그 전까지만 해도 지방 영지에서만 들려올 정도였는데, 요즘은 수도 리하드에서도 종종 납치 사건이 일어난다고 하더군."

"범인은 누구래?"

"왕실에서는 북쪽 산적들의 소행이라고 하던데? 거기 두목 이름이 칼빈이라나 뭐라나. 하여튼 그쪽 산적들이 인신매매를 위해 납치를 벌였다고 발표하는 모양이더라고."

월슨 왕국에서 상행을 끝마치고 온 중소 왕국 출신으로 보이는 상인들의 얼굴은 어두워 보였다. 대부분이 숟가락을 드는 둥 마는 둥 스프 그릇을 만지작거리며 한숨을 쉬는 중이다.

"월슨 왕국이 생각보다 안 좋나 봅니다."

아카드는 은근슬쩍 그들 무리에 끼어들었다. 갑자기 끼어든 이방인의 모습에 상인들은 경계 어린 눈빛으로 바뀌었다.

하지만 교회에서 은밀하게 판매하는 밀주 항아리를 탁자에 내려놓자 상인 무리들은 흔쾌히 환영해 주었다.

"말도 마시오. 상행이든 밀월여행이든 지금이라도 늦지 않았으니 월슨 왕국보다는 다인 왕국을 추천하는 바요."

상인 중 하나가 후드를 쓰고 있는 에레나를 힐끗 쳐다보며 조언을 해 주었다.

"윌슨 왕국 국경이 코앞인데 여기서 돌아갈 수도 없고, 꼭 사야 하는 물건이 있는데……."

아카드가 말꼬리를 흐리자 상인들은 의외라는 표정으로 관심을 보였다. 아카드의 행색과 후드 사이로 살짝 드러나는 에레나의 외모로 보아 상인이라고는 생각하지 않았던 것이다.

"상인이시오?"

"아직 상인이라고 하기는 부끄럽습니다. 이리저리 돌아다니며 돈 될 만한 특산품을 소량으로 구입해서 파는 정도입니다."

"쯧쯧, 떠돌이 상인이시구먼. 부부가 함께 돌아다니기에는 관세나 여비도 만만치 않을 텐데."

상인 무리들 중에서 초로의 남자 하나가 안타까운 표정으로 바라보았다. 그러더니 아카드가 가져온 밀주 한 잔을 마시더니 탁자를 내리쳤다.

"거 젊은 상인 양반. 내 술 한 잔 얻어먹은 값으로 조언 하나 해 드리리다. 기분 나쁘게 듣지 마시오."

사내는 턱수염에 흘러내린 물방울을 손으로 대충 털어 내고는 아카드를 향해 조심스럽게 이야기를 꺼냈다.

"물건을 팔러 윌슨 왕국으로 가는 것이면 다른 곳으로

돌아가시오. 그리고 사러 가는 거라면 반드시 국경 주변 블랙마켓이나 사설 환전소에서 월슨 왕국 화폐로 교환한 후에 들어가시오."

"흠, 흥미롭군요. 월슨 화폐 가치가 많이 떨어졌나 봅니다."

"떨어진 정도가 아니오. 가뜩이나 노틸러스 제국이랑 전쟁을 하니 마니 시끄러운데 추가로 두 번의 화폐 발행을 실시했으니 매 시간마다 물가가 올라가는 추세라오."

"좋은 말씀 감사합니다. 그런데 말입니다…… 혹시 유황이라는 물품에 대해 아십니까? 월슨 왕국에서만 나는 특산품이라고 하는데."

유황이라는 아카드의 말 한마디에 초로의 남자는 물론 상인들 무리조차 관심을 보였다.

"알기는 아오만. 뭐 때문에 그러시오."

"제 오랜 고객 한 분이 피부가 좋지 않습니다. 그분이 어디서 유황이 좋다는 소리를 들었는지 꼭 구해 달라고 부탁을 하시며 선금을 주시지 뭡니까."

초로의 남자는 선금을 받았다는 말에 안됐다는 표정으로 고개를 흔들었다.

상인에게 선금이란 계약금에 해당한다.

만약 선금을 받고 물건을 구하지 못하면 그동안의 이자

와 위약금으로 세 배가량 물어주는 것이 상계의 법이다.

"윌슨 왕국에서 유황에 대해서는 입도 뻥긋하지 마시오. 괜히 고운 처자 과부 만들고 싶지 않으면."

"이유를 물어봐도 되겠습니까?"

"6개월 전인가? 윌슨 왕국이 유황을 금지 물품으로 지정하면서 판매를 금지했다오. 기존 약재상들이 가지고 있던 유황조차 몰수당한 상태지. 그러니 유황을 구할 생각은 꿈도 꾸지 마시오. 혹시나 운 좋게 얻더라도 검문소에서 걸리면 즉시 목숨을 잃을 것이오."

"어이쿠, 이거 꼼짝없이 세 배를 물어줘야겠군요. 어쩐지 웃돈을 주더라니."

아카드의 너털웃음에 상인 무리들은 안됐다는 표정을 지었다. 타국 시세에 어두운 초보 상인들이 흔히 범하는 사기에 당했다고 생각한 모양이다.

"화폐를 그렇게 많이 발행했으면 윌슨 상계도 많이 힘들겠습니다."

"힘든 정도가 아니오. 입에 풀칠하기도 어려울 지경이라오. 물가가 폭등하는 바람에 물건값은 오르지, 구매자는 점점 줄어들지. 하루에도 중소 상단은 몇 개씩 문 닫는 실정이라오. 거기다가……."

사내는 목이 타는 듯 밀주 한 잔을 시원하게 들이키더니 목소리를 높였다.

"돈은 그렇게 많이 찍어내면서 중소 상단에게 빌려줄 돈이 없다는 게 말이 되냐 말이지. 그 많은 돈이 전부 어디로 흘러갔냐고. 결국 원자재 값 상승으로 돈줄이 말라 버린 상단들이 줄줄이 그루먼 상단에게 잡아먹히는 상황이라오. 나쁜 놈들!"

"대출 이자가 오른 것까지는 이해하겠는데, 그루먼 상단에게 먹힌다는 게 무슨 말입니까? 거기는 무기상단이지 않습니까?"

"은행 새끼들이 부실 채권으로 인한 손실을 만회한다는 핑계로 대출을 제때 갚지 못한 중소 상단의 채권을 그루먼 상단에게 넘기고 있는 실정이라오. 둘 다 한통속인 게지. 도둑놈들!"

"어허, 그거 참. 그루먼 상단은 자금이 넉넉한 모양입니다. 4대 상단이 대단하긴 대단하군요."

"대단하긴 뭐가 대단해! 그루먼 상단은 윌슨 왕국의 무기 산업을 책임지는 상단이라는 이유만으로 새로 발행한 돈을 전부 그쪽으로 밀어주니 총알이 남아도는 게지. 중소 상단은 만기 연장도 해 주지 않아 하루에 몇 개씩 쓰러지는데, 내 다시 이놈의 윌슨 왕국으로 오나 봐라!"

상인들 무리 중 술이 약한 상인 하나가 고함을 질렀다.

주변 상인들이 다급히 그의 입을 막았지만 다들 씁쓸한 표정을 짓는 것이 남의 일처럼 보이지 않았다.

"우리는 날이 밝았으니 이만 가 봐야겠소. 젊은 양반, 이름이 뭐요?"

초로의 남자가 일어나 아카드에게 오른손을 내밀었다. 그러자 주변 상인들도 전부 자리에 일어섰다.

"아카드라고 합니다."

"아카드라…… 어딘지 귀에 익은 이름이군. 난 마르스라고 하네. 다음에 피어슨 공국 부근에 오시게 되면 폴로 상단을 찾아 주시오. 주변 상인 아무나 붙잡고 물어보면 친절하게 알려 줄 거요."

피어슨 공국은 윌슨 왕국과 다인 왕국 사이에 위치한 작은 나라다. 국력은 약하지만 뛰어난 처세술로 강대국 사이에서도 사라지지 않고 200년 넘는 역사를 자랑했다.

공국에서 아무한테나 물으면 알 정도의 상단이면 규모는 기대할 수 없지만 꽤 튼튼한 상단이라고 봐야 한다.

"예. 꼭 한번 찾아가도록 하지요. 대신……."

아카드가 초로의 사내의 눈을 바라보았다.

겉으로는 상인 무리의 우두머리라고는 눈치채기 힘들 정도로 아담하고 수수한 차림이다. 하지만 초보 상인에게 조언을 건넬 정도로 곧은 인성과 힘 있는 눈동자를 지니고 있었다.

"제가 좋은 제안 하나를 건네면 함께해 주시겠습니까?"

"흠……."

초로의 사내는 잠시 고민하더니 아카드와 똑같은 행동을 했다. 아카드의 눈동자를 보며 뭔가를 탐색하는 눈치다.

"좋소. 상인에게 좋은 제안이라면 마다할 이유가 없겠지."

"손해 보는 일은 없을 겁니다."

초로의 사내는 대답 대신 입꼬리를 올리며 자리를 떴다. 교회 밖으로 나가 마당에서 짐을 챙기고 있는 그에게 상인 하나가 다가왔다.

"공왕 전하, 너무 과한 친절을 행한 게 아닌지 걱정됩니다."

"그런가? 나는 오히려 과한 친절을 받은 거 같은데."

"그게 무슨?"

초로의 사내는 너털웃음을 지으며 말 위에 올라탔다. 그러고는 식사를 하고 있을 아카드를 상상하며 남몰래 중얼거렸다.

"대륙의 태풍의 눈으로 불리는 자가 어떤 제안을 할지 가슴이 떨리는군."

*　　　*　　　*

　"몸은 괜찮아?"

　"네. 하루 만에 모든 피로가 싹 풀린 느낌이에요."

　라그니스를 옆에 붙여 뒀던 게 효과가 있었는지 에레나의 표정은 가벼워 보였다.

　"그렇다면 다행이고."

　몸을 돌려 의자를 정리하던 아카드가 피식 웃었다. 에레나가 생기를 찾으니 아카드의 기분도 덩달아 올라갔다.

　"젊은 분이 대단하시네요. 헤헤."

　저 멀리 떨어져서 식사를 하던 남자가 아카드가 있는 곳으로 다가왔다. 깔끔한 옷차림과 여독을 찾아볼 수 없는 표정을 보니 윌슨 왕국 사람으로 보인다.

　20대 중반으로 보이는 것으로 보아 홀로 돌아다니며 사람들을 상대하는 장사꾼인 것 같다. 아니면 물정을 잘 모르는 타지 사람들을 상대로 하는 사기꾼이거나.

　"무슨 일이지?"

　아카드는 특유의 무뚝뚝한 음성으로 물었다. 상인들 무리와 함께 있을 때는 조용히 있다가 그들이 떠나자마자 왔다는 것은 수상한 의도가 있다고 봐야 한다.

　"피어슨 상단주가 타인을 상대로 그렇게 오래 이야기하

는 모습은 처음 보거든요. 몇 번을 여기서 마주쳐도 인사
한 번 안 하던 양반인데 그런 분을 상대로 대화를 이끌어내
는 공자님을 상대로 장사를 해야 한다고 하니 겁부터 덜컥
나는군요."

사내는 어느새 아카드 맞은편에 자리를 잡았다. 은근슬
쩍 앉는 솜씨가 한두 번 해 본 것 같지 않아 보인다.

"용건만 간단히."

이빨을 드러내며 히쭉 웃는 남자를 향해 아카드가 짜증
스러운 표정을 지었다. 나름대로 순진하게 보이기 위해서
실실 웃으며 아카드를 방심하게 하려는 행동 같은데 어림
도 없다.

"헤헤, 성격이 급하시군요. 아, 제 이름은 크포라고 합
니다. 보시다시피 신출내기 환전상이지요. 잘 부탁드립니
다."

"이름은 아까 들었겠지?"

"네, 네. 저기 계신 분은 부인이십니까?"

"용건이 그건가?"

크포라는 환전상이 냉랭한 분위기를 녹여 보기 위해 화
제를 전환했다. 그럴수록 분위기는 점점 더 차가워진다는
걸 왜 모를까.

"이런, 제가 실수를 저질렀군요. 로브를 푹 쓰게 하신 걸

보면 눈치챘어야 하는데."

"……."

"헤헤, 부인께서 굉장한 미인이신가 봅니다. 저렇게 감추시는 걸 보면. 이렇게 만난 것도 인연인데 한번 뵐 수 있을까요?"

"얼굴 한 번 보는 것에 목숨 걸 자신이 있으면 해 봐."

아카드의 행동을 지켜보던 에레나는 기가 찼다. 시집도 안 간 처녀를 유부녀로 만든 것으로도 모자라 진짜 남편처럼 행동하고 있는 것이 아닌가.

'이러다가 또 사고치는 거 아냐?'

아카드 이마에 힘줄 하나가 움직이는 것을 본 에레나는 크포를 향해 고개를 숙였다. 아카드가 나서기 전에 먼저 입을 열었다.

"상상은 상상으로 끝나야 행복한 법이지요. 상인님의 상상과는 달리 제 얼굴에 큰 흉터가 있어 가리는 것이니 부디 이해해 주시길 바랍니다."

에레나의 현명한 대답에 크포는 무안했던지 뒷머리를 긁었다. 하긴 아카드도 순간적으로 표정이 풀어질 정도로 감탄했다.

"대단하신 부인을 두셨군요. 이런 부인을 두셨으니 아카드 상인님의 앞날이 훤하신 거 같군요."

"용건은 아직 멀었나?"

크포는 아카드의 무시에도 아랑곳하지 않고 몸을 앞으로 기울였다. 뭔가 대단한 비밀이라도 가지고 있는지 좌우를 둘러보면 눈빛에 경계가 가득했다.

"이렇게 대단하신 두 분을 만난 것도 신의 은총이겠지요? 지금부터 하는 이야기는 두 분만 알고 계셔야 합니다."

아무 말도 없는 냉랭한 분위기가 이어지는 순간 크포는 주변을 둘러보며 작은 목소리로 자신의 보따리를 풀기 시작했다.

*　　　*　　　*

"아까 그분이 한 얘기를 생각하고 계신 건가요?"

"그분이 누군데? 아까 그 애송이?"

"애송이요? 풉!"

에레나는 손으로 입을 가렸다. 어린 사람이 자신보다 나이 많은 사람을 두고 애송이라고 하니 자신도 모르게 웃음이 터졌다.

"왜 웃어? 기분 나쁘게."

"아니에요. 기분 상했다면 죄송해요. 애송이라는 분이 했던 말이 사실일까요?"

"사실은 무슨. 사기꾼이야."

아카드는 들을 가치도 없다는 투로 말했다.

크포라고 자신을 소개한 젊은 환전상은 누가 들어도 그럴듯하게 이야기를 꺼냈다.

윌슨 왕국에서 새로운 금광이 발견되었다는 말을 꺼냈다. 공식적으로 발표되지 않은 이유는 금광에 대한 조사가 한창 중이어서고, 일주일 후면 정식으로 발표될 것이라고 말했다.

금 보유량은 차고 넘치므로 현재 화폐 가치의 하락 현상은 일시적이라는 주장이다.

대부분의 국가들이 금의 가치와 화폐의 가치가 등가관계를 이루는 것에 착안해 금본위제를 채택하고 있었다.

즉, 국가가 금이 없으면 화폐를 찍어내지 못하게 하는 제도다.

무분별한 화폐 찍어내기를 막기 위해 통화의 가치를 금의 가치에 연계시키고 있었다. 윌슨 금화를 기준으로, 최소 순금 50g가 80골드라는 원래의 가치를 유지해야 한다는 것이 국가 간의 암묵적인 약속이다.

지금 시세를 살펴보면 윌슨 금화로는 130골드를 줘도 순금 50g을 구입할 수 없다. 금의 양보다 화폐의 양이 절대적으로 많으면서 수요와 공급 사이에 불균형이 생겨 버렸기 때문이다.

하지만 금광이 발견되었다는 애송이 환전상의 말이 사실이라면 이것은 기회다. 금 보유량만 받쳐 준다면 윌슨 금화는 점점 오를 것이기 때문이다.

현재 가치가 떨어진 윌슨 화폐를 대량으로 사들였다가 금광이 발견되었다는 발표를 할 때 팔아 버리면 차액만큼 한몫을 잡게 된다는 이야기다.

애송이 환전상은 정보를 제공해 준 대가로 자신에게 환전해 줄 것과, 화폐 투기로 한몫 잡게 되면 정보 제공비로 얼마 떼어 달라고 요구했다.

아카드는 단칼에 거절했다.

거짓 정보로 타국 상인들을 끌어들여 높은 수수료를 챙기려는 얄팍한 수라는 것을 금방 알아챘다.

제국은행의 일을 겪으며 은행이라는 것들은 이익을 위해서라면 나라도 망하게 할 수 있는 존재라는 것을 알고 있었기에 사기꾼의 진의는 금방 파악했다.

대륙은행에서 유황 광산을 금광으로 말을 바꿔서 소문을 낸 모양인데, 문제는 애송이 환전상의 입에 오를 정도면 심각하다는 데 있었다.

그리고 확신했다.

유황 광산에 대규모 자금을 투입할 정도로 중요한 일이

면, 그것이 신무기와 관련 있다는 것을.

그렇지 않고서야 한 나라의 근간을 흔들 만큼의 충격을 주는 추가 화폐 발행을 했다는 것이 설명되지 않았다.

"그렇다는 것은 유황 광산만 들쑤셔 놓으면 된다는 말인데……."

말 위에서 아카드의 중얼거림을 들은 에레나가 고개를 뒤로 돌렸다. 말을 모는 아카드의 얼굴은 정면을 바라보고 있었지만 눈동자는 무언가 생각에 빠져 있었다.

"무슨 고민을 그렇게 오래 해요?"

"고민은 무슨."

"치잇! 생각 중이면서."

에레나는 뭔가를 떠올리더니 주머니에 손을 집어넣었다. 그러고는 몸을 돌려 아카드를 쳐다보았다.

"입 벌려 봐요."

"뭐?"

아카드가 입을 여는 순간 딱딱한 뭔가가 쏙 들어왔다. 혀를 굴려 보니 입 안 전체에 벌꿀 향이 휘몰아쳤다. 벌꿀로 만든 사탕이다.

"헤헤! 성공이다."

에레나는 의기양양한 얼굴로 자신의 입에도 사탕 하나를 집어넣었다.

"어디서 났어?"

"떠나기 전에 신부님이 고맙다면서 주신 사탕이에요. 맛있죠?"

"애들도 아니고 말이야."

말은 그렇게 하면서도 아카드의 입 안에서 사탕은 요리조리 잘도 굴러다닌다.

여행의 피로에 단것만큼 좋은 것도 없다는 말이 영 틀린 건 아닌 것 같다. 기분도 좋아지고, 머리도 조금 더 잘 돌아가는 것 같으니.

"털어놔 봐요. 혹시 알아요? 제가 고민을 딱 해결해 줄지."

"퍽이나."

"진짜 그러기예요?"

에레나가 양손을 허리에 올리며 화난 표정을 지었다. 그러자 아카드는 장난스러운 눈빛을 지으며 말 옆구리를 툭 쳤다.

갑작스러운 신호에 말은 갑자기 속력을 높이기 시작했다. 그러자 양손을 허리에 얹었던 에레나의 몸이 휘청거리고 그녀가 외마디 비명을 질렀다.

"꺄아아아!"

갑작스러운 말의 행동에 에레나는 균형을 잃었다. 발 하

나가 공중으로 들린 위기 상황에서 그녀의 옆구리를 감싸
는 따뜻하고 강한 손길이 느껴졌다.

에레나를 번쩍 들고 자신을 향하도록 몸을 돌린 아카드
는 그녀의 얼굴에 자신의 얼굴을 갖다 댔다.

"걱정은 내가 할 테니까, 당신은 내 옆에서 주변 풍경이
나 즐겨."

쪽! 하는 소리와 동시에 에레나의 이마에 따뜻하면서 끈
끈한 것이 느껴진다.

"다…… 당신. 뭐하는 거야!"

뒤늦게 상황을 깨달은 에레나가 붉어진 얼굴로 뭐라고
하려고 했지만 언제 그랬냐는 듯 그녀의 몸은 정면으로 향
해 있었다.

"아니. 진짜 자기 맘대로 이러기…… 꺄아아아아!"

하지만 아카드는 아무것도 못 들었다는 듯이 말의 고삐
를 힘차게 잡아당겼다. 속도가 올라가자 투덜대던 에레나
의 몸이 급격히 뒤로 쏠렸다.

"오늘 안으로 윌슨 왕국에 도착해야 할 텐데. 달려 볼
까?"

아카드는 에레나의 이런 행동에 재미 붙였는지 말고삐를
더 심하게 잡아당겼다. 그녀의 비명 소리가 커질수록 아카
드의 미소는 점점 진해지고 있었다.

（*　　　*　　　*）

윌슨 왕실에서는 삼 일간 토론이 끊이지 않고 있었다.

두 패로 갈라진 귀족들은 서로를 향해 삿대질하며 목소리 크기 대결을 하고 있었고, 신하들을 중재해야 할 왕의 자리에서는 어린아이 하나가 사탕을 빠느라 정신이 없다.

"금화를 또 발행한다는 게 말이나 된다고 생각하시오."

"못 할 건 또 뭐가 있소! 대륙은행이 우리 뒤에 있는데 뭐가 걱정이란 말이오."

"지금 각 나라에서 대사들을 통해 얼마나 항의가 들어오는지 알고나 있소? 조만간 각국의 사절단이라도 파견할 기세요."

"하라고 하시오. 대륙은행이 다 알아서 해 줄 거요."

신하들이 두 패로 갈라져 싸우는 이유는 대륙은행에서 실시하는 추가 화폐 발행 때문이다. 물가가 오르고 빈부 격차가 점점 벌어지는 것은 둘째 문제다.

대륙은행의 발표가 있자마자 윌슨 왕국의 금 보유량에 의문을 품은 각국 대사들의 당장이라도 확인하자는 요청이 빗발쳤다.

수출과 수입이 뚜렷한 나라 같으면 이렇게까지 대사들이

일어나지 않았을 것이다.

그러나 윌슨 왕국은 중계무역으로 번성한 국가다.

각국의 물건이 이곳으로 모여들고 수요와 공급에 따라 가격이 결정되어 각 나라로 퍼져 나가는 집산지다. 각 나라의 물건이 들어오면 윌슨 화폐로 환전하여야 매매가 가능하다.

즉, 타국의 상인이 윌슨 왕국으로 물건을 들여와 팔거나 구입하기 위해서는 윌슨 화폐로 바꾸어야 한다는 이야기다. 그리고 다시 각 나라로 돌아갈 때는 환전소에서 그 나라의 통화로 환전하여 돌아간다.

화폐 변동의 충격을 최소화하고 번거로움을 피하기 위해 각 나라들이 윌슨 왕국에 부여해 준 일종의 특권이다.

윌슨 왕국은 환전의 수수료와 창고 대여업을 통해 무역 강국이라는 위치에 오를 수 있었다.

각 나라가 이러한 특혜를 준 데에는 두 가지 이유가 있었다.

첫째, 아스테리아 중앙에 위치한 지리적인 이점.

둘째, 철저하게 금 보유량만큼만 화폐를 발행하는 정책으로 인해 윌슨 화폐를 믿고 사용할 수 있다는 통화 안정성이다.

하지만 최근 들어 연이어 금화를 추가로 발행하면서 윌

슨 왕국 내 창고 대여 비용이 상승하게 되자 각 나라의 상인들이 불만을 쏟아냈다.

이 상황에서 두 번째 화폐 추가 발행이라는 정책이 대륙은행을 통해 발표되자, 각 나라의 대사들은 기다렸다는 듯이 금 보유량을 확인하자 요구하고 나섰다.

월슨 왕국의 모든 경제권이 대륙은행으로 넘어간 상태에서 신하들의 아우성은 영원히 끝날 것 같지 않았다.

갑작스러운 선왕의 죽음과 점점 어려워져 가는 왕국을 걱정하는 원로 귀족들은 추가 발행을 반대했다.

그에 반해 대륙은행을 등에 업고 신흥 세력으로 등장한 지방 영주 출신 귀족들은 추가 발행을 찬성했다.

두 세력의 끝없는 소모성 회의가 극에 달할 무렵.

"소로스 은행장 납시오!"

굳게 닫혀 있던 홀의 문이 열리며 중년 사내 하나가 등장했다. 그의 등장에 손짓 발짓 다해 가며 싸워 대던 신하들이 일순간에 입을 닫았다.

"다들 오랜만이군."

중년 사내는 신하들 사이로 가로지르며 제일 끝에 우뚝 솟아 있는 왕좌 뒤로 다가가 손잡이를 잡았다. 어린 왕은 소로스의 등장에 몸을 부르르 떨며 고개를 의자 속으로 파묻었다.

소로스 은행장은 왕좌에 손을 얹고 허리를 쭉 내민 불량한 자세로 몸을 흔들며 좌우에 서 있는 귀족들을 쳐다보았다.

　"위기를 극복하기 위해서는 신하들의 의견이 하나로 뭉쳐져야 하는데 말이지. 내가 늙은이들을 너무 많이 살려 줬나?"

　소로스 은행장이 원로 귀족들을 하나하나 노려보자 그들은 고개를 돌리며 몸을 떨었다. 그중에서 몇명은 선왕이 죽은 이유를 알고 있는 듯했다.

　"그렇지 않습니까. 폐하?"

　소로스가 얼굴을 파묻고 있는 왕의 얼굴을 쓰다듬었다. 선대왕 요하킴과 창부 사이에서 태어나 뒷골목에 버려졌던 10살의 요하킴 2세는 그의 손을 피해 자꾸만 숨어들었다.

Chapter 5.

사도 그로울리

　국경 지대에 도착한 아카드와 에레나는 검문소로 바로
들어가지 않고 여러 환전소 중 가장 허름하고 사람들도 없
는 곳으로 들어갔다.

　안으로 들어가자 철로 만들어진 칸막이가 하나 있고, 그
안에는 곰방대를 연신 빨아 대는 노인이 있었다. 손님이 왔
음에도 노인은 전혀 관심이 없어 보였다.

　"아카드 이름으로 온 짐이 있을 텐데."

　"보관료는 100골드입니다. 물론 제국 금화나 다인 금화
로만 받습니다."

　환전소라고 해서 화폐만 교환하는 것은 아니다. 국경 안

에 가지고 들어갈 수 없는 금지 물품이나 분실 우려가 있는 물건들을 보관해 주는 업무도 동시에 하고 있었다.

"어디 보자. 3번 방이군. 저쪽으로 들어가 3이라고 적힌 방으로 가시오."

아카드가 제국 금화로 100골드를 내밀자 노인은 열쇠 하나를 내밀었다. 그러고는 옆에 커튼이 내려 있는 통로를 손가락으로 가리켰다.

"할아버지. 건강하세요."

열쇠를 움켜쥔 아카드는 노인을 향해 인사하는 에레나의 손목을 잡고 커튼 속으로 사라졌다.

"드디어 도착하셨군. 껄껄껄."

무료함에 흐리멍덩한 노인의 눈에 생기가 감돌았다. 노인은 수정구 하나를 들고는 안쪽으로 사라졌다.

*   *   *

작은 밀실 안에 있는 금고를 연 아카드는 물건을 꺼낼 생각도 하지 않은 채 가만히 서 있었다. 덩달아 에레나도 까치발을 들고는 금고 안에 있는 보따리에 시선을 빼앗겼다.

"왜 그래요? 원래 물건과 바뀌었나요?"

"만지지 마!"

에레나가 호기심에 보따리에 손을 뻗으려고 하자 아카드가 손목을 낚아챘다. 그의 표정은 어딘지 모르게 심각하게 변해 있었다.

"아, 아파요."

"미안."

"왜 그래요?"

"잘 봐. 피가 묻어 있잖아."

과연 아카드의 말대로 보따리 모서리에는 검붉은 핏자국이 남아 있었다. 아직도 마르지 않은 채로.

이 보따리는 아카드가 블랙마켓에 주문한 것이다. 급하게 일정을 바꾸는 바람에 국경을 통과할 수 있도록 위조 신분증과 대륙은행에서 발행한 신용카드, 그리고 윌슨 왕국의 분위기와 왕국을 움직이는 최상류층에 관한 정보를 주문했다.

아카드가 보따리를 건드리지 않은 것은 블랙마켓의 특별한 물건 전달 방식 때문이다.

대륙에서 가장 은밀하게 음지를 지배하는 블랙마켓은 어떤 물건이든 특별한 밀봉 상태로 전달한다. 만약 전달자가 불의의 사고를 당했을 때는 전달 자체를 취소하고 물건을 파기한다.

고객의 정보를 보호하기 위한 특단의 조치다.

블랙마켓의 이러한 정책은 고위층들에게 믿음을 주었다. 상류층 사이에서 비밀스러운 무언가를 전할 때 블랙마켓을 이용하는 것은 더 이상 비밀이 아닌 상식이 되었다.

그런데 지금은 어떤가.

투명한 밀봉 장치는 보이지도 않고, 피가 묻어 있었다. 물건을 맡기는 과정에서 사고가 있다는 걸 의미했다.

"혹시 산적, 소매치기나 도둑에게 상처를 입은 건 아닐까요?"

"아니. 절대 그럴 리가 없지. 블랙마켓이 어떤 곳인데."

아카드는 고개를 저었다.

블랙마켓은 그렇게 호락호락한 인물을 전달자로 고용하지 않는다. 물건 전달자 대부분이 암살, 자폭, 정보 수집에 능한 인물이다.

'누구일까? 윌슨 왕국? 대륙은행? 아니면 제3의 단체?'

아카드의 머릿속이 복잡해졌다. 뭔가가 머릿속에서 잘 정돈되지 않는 느낌이다.

그러다가 정신이 든 것은 에레나가 손을 뻗어 보따리를 움켜쥐었기 때문이다.

"일단 가요. 이러고 있다고 해결되는 건 없잖아요."

"잠깐 기다려 봐."

에레나가 눈을 깜박이며 아카드를 쳐다봤다.

'실리안. 주변에 우리를 감시하는 자가 있나 살펴봐.'

—아이, 씨. 그림자 가르기 연습 중인데 꼭 이럴 때만 부르네. 알았어.

그림자 가르기는 은밀하게 적의 그림자에 스며들어 상대를 암살하는 기술로, 총관 블라디우스의 고유 기술 중 하나다.

아카드는 틈이 날 때마다 암살 기술을 가르치기 시작했다. 그런데 벌써 블라디우스의 고유 기술까지 익혔다고 하니 놀랄 뿐이다.

'정령이라서 그런지 습득 속도가 빠르네.'

—정령이라서 그런 게 아니고 이 몸이 초천재라서 그런 거라고!

'알았으니까 얼른 주변을 살펴봐.'

평소 같으면 칭찬이라도 했겠지만 지금은 상황이 좋지 않았다.

자세하게 콕 집을 수는 없지만 누군가가 자신을 감시한다는 느낌을 받았다.

"누구 기다려요?"

에레나가 아카드를 물끄러미 본다.

자신과 함께 있어서일까? 너무 믿어서일까?

보통 피를 보면 두려워해야 정상인데 호기심에 가득한

토끼 같은 눈이다.

아카드가 그 눈을 지그시 응시하자 에레나가 얼굴을 살짝 붉히면서 고개를 돌렸다.

열에 들뜬 것처럼 가냘픈 어깨를 들썩이며 부끄러움을 간신히 억누르고 있다.

장난스럽게 에레나를 쳐다보던 아카드의 눈동자에 차가운 빛이 돌아왔다.

실리안이 돌아온 것이다.

'우릴 감시하는 사람이 있나?'

─있다.

다시금 묻자, 실리안이 처음으로 진중한 표정을 지었다. 그런 뒤 조심스럽게 말을 꺼냈다.

─그런데 흑마법사다.

'흑마법사?'

─엉. 하지만 걱정하지 마. 초절정 암살 기술까지 익힌 이 몸과 라그니스 님이 합치면 이길 수 있으니까.

'혼자는 힘들고?'

─커험, 시간이 걸리겠지만…….

실리안의 말투를 보니 혼자서는 못 이긴다고 판단했다. 원래 허세가 강한 정령들이니 이 정도로 말한다는 것은 상대가 보통이 아니라는 것을 의미한다.

아카드는 에레나와 함께 밀실 밖으로 나왔다. 그녀가 절대 자신에게서 떨어지지 않도록 손을 꼭 붙잡았다.

두 사람은 환전소에서 나오자마자 작은 여관으로 들어갔다. 그러고는 방 안으로 들어가자마자 에레나가 탁자 위에 보따리를 올려놓았다.

"확인해 보시죠, 서방님."

"뭐? 뭐라고 했어."

"부부라면서요?"

"그건 교회라서 어쩔 수 없는 상황이니까……."

"농담이에요. 얼른 보따리 풀어 봐요. 물건 확인해야죠?"

난감해하는 아카드의 표정이 재밌는지 에레나는 그의 등을 툭 치며 장난쳤다. 하지만 장난스러운 표정 속에 걱정의 빛이 살짝 드러났다.

아마도 아카드의 긴장을 풀어 주기 위해 그러는 것 같다.

'참 나, 내가 누구에게 걱정받을 만큼 약해졌나?'

하지만 싫지 않았다.

배려가 섞인 진심 어린 걱정은 상대의 마음을 따뜻하게 하는 법이니.

아카드는 에레나의 머리를 헝클어트린 후 보따리를 열어 보았다.

보따리 안에는 주문대로 위조 신분증과 대륙은행에서 귀족들에게 발행한 신용카드, 노끈으로 묶여 있는 검은색 노트 하나와 천 골드의 금화가 들어 있었다.

아카드 본인만이 쓸 수 있는 물건들이고, 금화도 고스란히 들어 있는 것으로 보아 단순 강도가 아니라는 것은 명확하다.

보따리를 열어 봤다는 것은 범인이 안에 들어 있는 물건을 확인했다는 것이다.

아카드는 범인을 모르지만, 범인은 아카드를 알고 있다는 걸 의미한다.

"오늘 여기서 잘 건가요?"

에레나가 묻자 아카드는 웃음을 지어 보였다.

"아니. 당장 가야지."

아카드는 에레나의 손을 잡고 여관을 나와 국경 안으로 들어가기 위해 줄 서 있는 사람들 틈으로 파고들었다.

잠시 후, 아카드가 사라진 방 창문 안으로 회색 연기가 스며들었다.

연기는 점점 사람의 형체를 띄더니 방금 전까지 아카드와 에레나가 서 있던 탁자로 다가왔다.

"정령사라는 말이 사실이군. 이러면 이야기가 달라지는데……."

뭔가를 중얼거리던 회색 연기는 창문 틈으로 사라졌다.

※   ※   ※

윌슨 왕국의 수도 리하드는 한밤중인데도 여전히 떠들썩했다.

여느 대도시와 다를 것 없이 뒷골목은 술 취한 사람들과 몸을 사고파는 사람들로 넘친다. 그로 인해 거리 전체가 끈적끈적하게 변해 갔다.

술꾼들은 제대로 말도 못 하는 입으로 술을 퍼부으며 느긋하게 웃고 있다.

나라가 어지러울수록 술의 소비량과 매춘은 급격하게 올라간다. 한탕주의와 환락으로 순간을 망각하고 싶은 것이 대부분의 인간이 가진 본성이기 때문이다.

퇴폐적인 웃음소리와 술 취한 사람들의 고함 소리가 길가 곳곳에서 울려 퍼지는 가운데 빛이 들어오지 않는 구석 여기저기에서 범죄가 일어나고 있었다.

윌슨 왕국의 현 주소를 반영하듯, 여기까지 오는 동안 길잡이들에게만 허락되었던 아름다운 달과 하늘을 수놓던 별들도 모습을 감추고 없다.

아카드는 에레나의 손을 잡은 채 골목 사이를 헤집듯이

걸어갔다.

수많은 여관을 지나치며 도착한 곳은 여관 깃발도 없는 건물이다.

주변을 둘러보자 어디에도 빛이 들어오지 않는 골목이다. 들어오는 입구를 제외하고는 사방이 벽으로 막혔다.

"이곳이 좋겠군."

"여기가요? 저는 으스스하고 무서워 보이는데."

"이래야 범인을 잡을 수 있지."

"범인? 당신 설마⋯⋯?"

아카드의 손목 힘에 에레나의 몸이 끌려왔다. 꼼짝없이 그를 뒤따라 건물 안으로 들어갔다.

건물 안 주인에게 금화를 지불하고 방 열쇠를 받은 아카드는 계단으로 올라갔다.

에레나가 어둠 속에서도 태연하게 걸어가는 아카드의 뒷모습을 보며 마른침을 삼켰다.

2층 가장 구석에 잠겨 있는 문을 열자 생각 외로 아담한 방이 나왔다. 주변에는 나무로 만들어진 침대와 탁자가 있고, 한가운데에는 불을 피울 수 있는 화로가 있다.

"잠깐!"

두 사람이 방문을 닫는 순간, 화로에 불이 '화르륵!' 하는 소리와 함께 타오르기 시작했다.

나무 장작이 타오르며 일어나는 회색 연기가 한곳으로 모였다.

연기는 기분 나쁜 냄새를 풍기며 화로 바로 앞에서 사람의 형체를 갖추었다. 놀랍게도 연기는 순식간에 검은 로브를 뒤집어쓴 사내로 변했다.

아카드는 에레나를 자신의 등 뒤로 감추며 숨을 들이마셨다.

순간적으로 확 덮칠 뻔한 것을 필사적으로 참느라 자신도 모르게 그런 행동이 나왔다.

"블랙마켓 전달자의 일은 깊이 사과드립니다."

로브를 입은 사내는 천천히 일어나더니 아카드를 향해 허리를 숙였다. 그는 그렇게 말문을 열었다.

사람들이 생각하는 흑마법사의 일반적인 이미지와는 달리 기품이 있고, 이상하게도 학자의 이미지를 풍겼다.

"하지만 걱정하지 않으셔도 됩니다. 저희가 잘 치료해서 돌려보냈으니. 가급적이면 아카드 공자, 아니 이제 백작님이시군요. 백작님과 부딪치는 일은 피하고자 최대한 노력했습니다."

로브를 쓴 흑마법사의 호의를 곧이곧대로 믿을 아카드가 아니다.

"목적이 뭐지?"

제국은행 일로 아카드와 흑마법사 소로스 은행장의 관계는 건널 수 없는 강을 건넜다. 앞에 있는 흑마법사는 자신을 죽이기 위해 온 것처럼 보이진 않지만 경계를 늦출 순 없었다.

　"전략적 동맹을 맺으러 왔다고나 할까요?"

　"전략적 동맹?"

　피식.

　아카드가 비웃음을 던졌다.

　"내가 왜? 무슨 이익이 있어서?"

　"아하, 당신은 귀족보다 상인에 더 가까운 인물이라는 걸 깜박했군요."

　로브를 쓴 흑마법사는 잠시 화로 주변을 맴돌았다. '흠! 흠!' 소리를 내며 혼자 뭔가를 고민하더니 멈췄다.

　"이렇게 하면 좋겠군요. 공동의 적을 제거할 때까지 저희 조직이 알고 있는 모든 정보를 제공하지요. 이러면 관심이 좀 생기시나요?"

　"아니. 당신의 적이 누군지 모르겠지만 나와는 전혀 상관없을 것 같으니 이만 꺼져 줬으면 하는데."

　아카드가 대놓고 적개심을 보였다.

　주인의 심정이 고스란히 전해졌는지 아카드의 시야를 통해 상황을 파악한 실리안과 라그니스가 몸속에서 스으 빠져나왔다.

두 정령은 어느새 은색 고양이와 붉은색 불도그의 모습으로 아카드 양옆에 자리 잡았다.

정령사와 흑마법사는 철천지원수다.

당연히 실리안과 라그니스도 흑마법사를 죽일 듯이 노려보았다. 아카드의 말만 떨어지면 곧바로 물어뜯을 기세다.

"오호, 놀랍군요. 정령사인 줄은 알고 있었지만 트윈 정령사인 줄은 몰랐는데요? 이러면 조건을 공동의 적을 제거하는 조건으로 제가 손해를 좀 봐야겠는데요?"

흑마법사는 두 정령들을 보면서도 전혀 겁을 먹지 않은 눈치다.

오히려 재미있다는 표정이다.

"공동의 적이 누구든 관심 없다고 했을 텐데? 혹시 귀가 먹었나?"

"소로스."

아카드의 표정이 굳어졌다.

"윌슨 왕국을 움직이는 대륙은행의 은행장으로 멋지게 부활한 소로스. 이제 대화할 생각이 생겼나요?"

"글쎄."

아카드의 입꼬리가 비틀려 올라갔다.

얼굴 가득 웃음을 지은 채 자신을 똑바로 바라보는 수상한 흑마법사. 마치 처음부터 저런 얼굴이었던 것처럼 너무나 자연스럽다.

하지만 저 모든 것은 가면이라는 생각이 들었다.

웃음 뒤에 어떤 음흉한 계략을 짜고 있을지 유추해 내기가 쉽지 않았다. 단지 그가 순수하게 손을 잡기 위해 온 것이 아니라는 것은 알 수 있었다.

"내가 어떻게 당신을 믿지?"

"아, 생각해 보니 우리 사이에는 신뢰라는 단어가 빠졌군요. 흠…… 어떻게 해야 신뢰가 쌓일까요?"

흑마법사는 그제야 새로운 사실을 알았다는 듯이 손뼉을 치며 중얼거렸다. 전혀 악의가 느껴지지 않는 순수한 미소.

하지만 그럴수록 아카드의 경계심은 점점 늘어갔다.

"증명해 봐."

"고민이군요. 어떻게 증명해야 대화할 마음이 생길까요?"

아카드는 잠시 고개를 내렸다. 자신의 양옆을 소환한 후 처음으로 공격성을 드러내는 두 정령이 든든하게 지키고 있었다.

'그동안 얼마나 늘었는지 테스트해 볼 좋은 기회군.'

고개를 들고 흑마법사를 바라보는 아카드의 얼굴에 미소가 생겨났다. 그것도 살기가 풀풀 풍기는 미소가.

"사내끼리 처음 만나서 친해지는 방법이 하나 있지."

아카드의 입꼬리가 스윽 올라갔다.

'죽여!'

먼저 움직인 것은 바람의 정령 실리안이다.

'냐앙!' 이라는 울음소리와 함께 아카드 왼발 옆에 있던 은색 고양이가 튀어 올랐다. 고양이의 모습은 은빛 여운을 남기며 공중에서 사라졌다.

흑마법사는 무의식중에 살기를 느끼고는 순식간에 회색 연기로 변했다.

화로 옆에서 피어난 연기는 일제히 공중으로 분해되었다.

"놀라운데요? 정령이 인간의 기술을 쓰다니."

목소리가 들린 곳은 창가 옆.

방 전체로 퍼져 나간 회색 연기는 어느새 창가 옆에서 로브를 입은 사내 모습으로 천천히 모여들었다.

주르륵!

회색 연기가 모여든 자리에는 검붉은 피가 바닥으로 번져 가고 있었다.

바람의 정령 실리안은 어느새 창가 옆에서 아카드 쪽을 쳐다보았다.

냐아앙!

에레나 귀에는 애교스러운 고양이 울음소리로 들렸겠지

만 아카드는 똑똑히 알아들었다.

'나 잘했지? 이 몸의 실력이 대충 이 정도라고!'

실리안의 공격 패턴은 분명 칭찬을 받아 마땅했다.

처음에는 정령들이 흔히 쓰는 단순한 날카로운 바람으로 흑마법사를 공격했다. 하지만 육체를 연기로 바꾸는 회피 마법에 의해 자신의 공격이 실패하자 그림자 속으로 파고들며 끝까지 따라갔다.

실리안의 공격은 완벽하게 성공했다.

상대의 소매에서 떨어지는 핏자국이 그것을 증명하고 있었다.

흑마법사는 여전히 웃고 있었지만 처음과는 달리 볼을 실룩거리며 놀라고 있었다.

'샤피르도 이 정도는 아니었는데.'

두 가지 이상 원소 정령들과 계약한 정령사가 없는 것은 아니다. 당장 최후의 정령사라 불리는 샤피르도 4대 원소 정령들과 계약을 했다.

하지만 샤피르도 싸울 때는 하나의 정령만 소환하여 흑마법사들을 척살했다. 네 정령들과 계약은 했지만 두 정령 이상 소환하여 싸우기에는 마나 소비가 너무 크다.

정령을 하나 소환할 때마다 마나는 기하급수적으로 늘어난다.

하나의 정령을 소환했을 때 10의 마나가 들어간다고 가정하면, 두 번째 정령을 소환하는 데 들어가는 마나는 20, 세 번째 정령을 소환하는 데에는 추가로 40의 마나가 들어가는 식이다.

마나가 남아도는 정령사가 아니고는 시도조차 못 할 일이다.

정령사들이 두 정령을 소환할 수 없는 이유는 마나도 관계가 있지만 무엇보다 정신력과 관계가 있다.

예를 들어 정령사가 정령에게 공격 명령을 내릴 때는 공격 시점과 회피, 추격에 관해서 일일이 컨트롤을 해 주기도 벅차다.

전쟁과 같은 난전의 상황에서 두 정령을 동시에 조율하는 것은 지금까지 불가능에 가깝다는 게 정설이다.

하지만 아카드는 가능했다.

하나도 구경하기 힘들다는 최상급 정령석을 몇 개나 흡수한 덕분에 두 정령이 소환되어도 신체에 무리가 되지 않을 만큼 막대한 마나를 가지고 있었다.

또한 지금까지의 정령사들은 가지지 못한 마법, 검술, 암살과 같은 다양한 지식들이 고스란히 실리안과 라그니스에게 흡수되었다.

그러다 보니 과거에 인간 세상에 소환되었던 수동적인

정령들과 달리 아카드에게 자유를 부여받은 실리안은 자유롭게 공격하고 빠지는 것이 가능했다.

아카드가 정령들에게 가신들의 기술을 가르친 이유는 일일이 명령 내리는 것이 귀찮아서였다. 하지만 결과적으로는 그게 그들을 최강의 정령으로 만들어 버린 셈이다.

"첫 환영 인사치고는 너무 과격한데요?"

"환영 인사는 했으니 이제는 마무리 인사를 할 차렌가?"

"저야 상관없습니다만, 저쪽 분은 괜찮을까요?"

사내는 아카드 등 뒤로 눈을 돌렸다. 거기에는 실리안의 모습에 놀라 손으로 입을 막고 있는 에레나가 있었다.

"별로 상관없을 것 같은데?"

붉은 불도그로 소환된 불의 정령 라그니스가 한 발자국 옆으로 옮겨 에레나 앞에 섰다. 불의 정령은 코에서 하얀 연기를 내뿜으며 반드시 그녀를 보호하겠다는 의지를 내보였다.

"글쎄요. 저도 소환 쪽에는 일가견이 있는지라. 켈베로스."

흑마법사의 손끝이 꿈틀거렸다.

순간 바닥 전체가 암흑으로 뒤덮이는 것을 느꼈다. 마치 끝이 보이지 않는 늪이 된 것 같은 착각을 일으켰다.

하지만 그건 착각이 아니었다.

흑마법사의 손끝이 올라가자 바닥에서 무언가 툭 튀어나왔다.

끈적끈적한 검은 늪에서 올라온 건 머리가 세 개 달린 커다란 검은색 야수였다. 멀리서 보면 개와 비슷하다고 착각할 수도 있지만 근본적으로 다른 종이다.

라그니스보다 네 배 이상 큰 덩치에 사자와 같은 강인한 발톱을 지녔다. 검은 몸 전체에서는 죽음의 기운을 풀풀 풍겼고, 등에는 붉은 화염이 갈기처럼 넘실거렸다.

—켈베로스다.

옆에 있던 라그니스가 중얼거렸다. 평소와는 달리 부르르 떨면서도 지금으로서는 이기지 못해 분하다는 감정이 아카드에게 고스란히 전해졌다.

'켈베로스?'

—지옥을 지키는 수문장이다.

'엘프의 마법도 익혔는데 못 이기겠어?'

실리안이 블라디우스의 암살 기술을 익히는 동안 라그니스도 놀고만 있지 않았다. 메디아 가문의 총관이자 엘프 마법사인 마리아드의 원소 마법을 틈틈이 익혔다.

엘프의 마법은 인간과 궤를 달리한다.

인간의 마법은 극의 파괴력을 보이기 위해서 복잡한 마법식이 필요하고, 캐스팅 시간이 하루 이상 걸리는 것도 있었다.

그에 반해 효율을 중시하는 엘프의 마법은 기동성을 중시해서 캐스팅 시간도 극도로 짧았다. 소수 종족으로서 전투적인 타종족으로부터 살아남기 위한 특별한 마법 진화가 이뤄진 셈이다.

인간보다 월등한 마법 친화력과 짧은 마법 캐스팅 시간은 전쟁에서 엘프를 최고의 전투 마법사 반열에 올려놓았다.

오죽하면 전쟁 시에 3단계 엘프 마법사가 5단계 흑마법사들을 학살하고 다닐 정도였을까. 그만큼 그들의 마법은 민첩하고 군더더기가 없을 정도로 효율적이었다.

하지만 라그니스는 고개를 흔들었다.

ㅡ켈베로스 정도는 중급 정령으로 진화해야 이길 수 있다.

'실리안은 견제만 하고, 라그니스 너는 에레나 지켜.'

ㅡ알았다. 마스터.

아카드는 암살 기술에 맛이 들린 실리안에게 공격을 멈추게 했다.

흑마법사와 싸워 지지 않을 자신은 있었지만 에레나의 안전까지 책임질 자신은 없었다.

'괜히 남의 앞마당에서 싸워 줄 이유는 없지.'

이곳은 노틸러스 제국이 아니라 윌슨 왕국이다.

두 사람의 싸움으로 소란이라도 일어나면 유황 광산을 확인하기도 전에 곤란한 처지에 놓일 수도 있다.

"누구보다 계산이 빠른 분으로 알고 있는데, 제 예상이 틀렸나요?"

"찾아온 이유는?"

"대화할 마음이 생기셨나 보군요. 검은 상인."

뒤에서 자신을 노리던 바람의 정령이 아무런 움직임을 보이지 않자, 흑마법사가 어깨를 들썩이며 재차 목적을 말했다.

"거래를 하고 싶습니다."

"거래를 하고 싶다?"

"공동의 적이 사라질 때까지 손을 잡았으면 합니다."

"소로스를 말하는 건가?"

"그렇습니다. 근래 들어 아카드 백작의 활약은 귀가 따갑게 듣고 있습니다. 그리고 블랙마켓을 제외하고는 손을 잡은 세력도 없다고 알고 있습니다. 저희는 소로스의 폭주를 막아 줄 힘이 필요하고…… 백작님은 소로스를 잡기 위해 특별한 무기가 필요하실 겁니다. 저희는 백작님이 원하는 특별한 무기를 지원할 용의가 있습니다만."

"특별한 무기?"

"지금 소로스 은행장은 인간 세상에 절대 전해져서는 안 될 금서 하나를 강탈했습니다. 유황 광산에 막대한 투자를 하는 이유는 금서에 기록된 무기를 개발하기 위해서죠. 물론 저희는 그걸 막을 방법을 알고 있지요. 하하하."

흑마법사가 너털웃음을 터트렸다.

아카드는 그런 흑마법사를 의문에 가득 찬 눈빛으로 노려보았다.

"금서라는 게 있다고 치고, 소로스가 개발하려는 무기가 뭐지?"

"화약입니다."

"화약? 구체적으로 말해 봐."

"자세한 건 말씀드리기 어렵고…… 쉽게 말해서 주먹 크기의 흑색 가루 덩어리 하나가 5단계 마법사가 캐스팅하는 파이어볼 하나의 위력이라고 보시면 될 겁니다."

"막을 수 있는 방법은?"

"맨입으로는 곤란하죠."

"원하는 게 뭐지?"

"서로 파트너가 되었으면 합니다."

"파트너라……."

"그렇습니다. 백작님께서는 소로스의 모든 것을 얻으시고, 저희는 소로스에게 빼앗긴 암흑 교단을 되찾고. 서로가 만족할 만한 제안 아닙니까?"

"글쎄."

아카드가 코웃음 쳤다.

겉으로만 보면 좋은 조건이다.

하지만 상대의 진짜 목적을 알 수 없기에 섣불리 손을 잡기에는 어딘가 찝찝하다.

"거래 조건은 좋은데, 거래 상대가 영 안 좋아. 신뢰도가 제로인데?"

"조건만 보십시오. 신뢰도야 차차 시간이 해결해 주지 않겠습니까?"

흑마법사는 초조한 듯이 창가를 서성인다. 하지만 입가의 수상한 미소는 그대로다. 거래가 이뤄질 거라고 굳게 믿는 것 같았다.

'수상해. 암흑 교단이란 단체는 들어본 적이 없어. 금서라는 것도 그렇고. 어디서 이런 단체가 튀어나온 거지?'

물론 아카드는 속내를 드러내지 않았다. 그저 물끄러미 흑마법사를 바라보고 있을 뿐이다.

"정 못 믿겠으면 백작님께서 정하시지요. 신뢰를 쌓을 수 있는 방법을······."

"내가 그렇게 할 일 없는 사람으로 보여? 신뢰를 받고 싶으면 증명을 해. 사실 암흑 교단이니 금서니 하는 것도 나한테는 다 개소리로 들리거든."

"좋습니다. 저희 조직이 얼마나 가치가 있는지 보여드리고, 파트너 협약은 그 후에 맺는 걸로 하죠. 어떻습니까?"

흑마법사는 자신만만하게 말했다. 마치 당연히 자신과 동맹을 맺을 거라고 확신하고 있는 듯했다.

"좋아. 굳이 증명하겠다면 말릴 이유는 없지."

"조만간 다시 뵙도록 하죠. 다음 만남에는 좋은 결과가 있으면 좋겠습니다. 후후."

"이름이 뭐지?"

흑마법사는 고개를 숙인 후, 왔을 때처럼 회색 연기를 일으키며 사라졌다.

"암흑 교단의 제2 사도 그로울리라고 합니다."

*　　　*　　　*

끼이이이익!

소로스 은행장은 자신의 손톱으로 나무 책상을 그었다. 손톱이 얼마나 날카로운지 지나간 자리마다 날카로운 선이 생겨난다.

"그로울리가 사라졌다고?"

"이 도시에 있는 건 분명한데 흔적을 찾을 수 없습니다."

자신의 손톱을 바라보던 소로스가 주먹을 움켜쥐었다. 책상 앞에 나타난 그림자들을 바라보며 실망한 표정을 지었다.

"그도 500년의 기억을 품고 있으니 너희들로서는 쉽지 않겠지."

소로스는 자리에서 일어나 창가로 걸어갔다. 그 뒤를 그림자라 불리는 암흑 기사들이 조용히 따랐다.

"자네라면 그로울리가 무슨 짓을 할지 예상할 수 있겠나?"

"조력자를 찾고 있겠지요."

암흑 기사들 등 뒤로 여인의 목소리가 들렸다.

대륙 은행장실 가죽 소파에는 그루먼 무기상단의 주인 노스가 앉아 있었다.

딱 붙는 옷을 입어서인지 그녀의 굴곡진 몸매가 고스란히 드러나 무척이나 자극적이다.

소로스 은행장의 등을 보는 그녀의 눈동자에는 기이한 열기가 담겨 있었다. 은행장을 발판 삼아 대륙의 상권을 집어삼키겠다는 욕망이 그대로 드러났다.

"그가 나의 뜻에 동참해 주었으면 좋았을 것을. 결국 나와 다른 길을 갈 셈인가."

소로스는 고개를 돌려 씁쓸한 표정으로 노스 상단주를

바라봤다. 그녀의 매혹적인 몸매에도 전혀 흔들리지 않는 무심한 눈빛이다.

"고대 전쟁에서 패배한 후, 500년간 인간들의 삶을 지켜보기만 했지. 수많은 영웅들이 나타나고 인간들이 어떻게 바뀌어 가는지를 관찰하면서 완벽하게 인간 세상을 지배하기 위해 무수한 노력을 했어."

소로스는 탐욕스러운 눈빛을 번뜩이며 주먹을 꽉 쥐었다.

"그 결과가 바로 12금서다. 하나의 금서만 풀려도 대륙을 초토화시킬 수 있는 엄청난 것들이지. 하지만 연구실에만 처박혀 살고 있던 온건파 녀석들은 자신들이 개발한 물건이 어떤 가치를 가졌는지도 알지 못했지. 인간들과 어울려서 살고 싶다나? 어리석은 생각이야. 수백 년을 연구실에만 있다 보니 교단의 목표도 상실한 채 타성에 젖은 게지."

소로스 은행장의 눈빛에는 묘한 씁쓸함이 담겨 있었다. 그러나 말을 멈추지 않고 이어 갔다.

"온건파들은 인간들과 어울리며 조화롭게 사는 것이 교단의 존재 이유라고 했지만 난 그럴 수 없었지. 한 사람의 영웅이 나타날 때마다 인간 세상이 바뀌는 것을 지켜보며 난 확신했네. 특별한 소수가 세상을 지배하는 것이야말로 진정한 평화가 실현되는 것이라고. 그리고 난 그 세상의 지배자가 되길 원했다. 그래서 온건파를 버릴 수밖에 없었지. 금서를 가지고 있으면 뭘 하겠나? 그걸 사용할 마음이 없으면 죽은 지식이지."

소로스 은행장이 원래 의도한 화폐를 통해 인간 세상을 지배하려는 계획은 아카드라는 인물 하나 때문에 어긋나 버렸다.

어쩔 수 없이 교단 내에서 자신을 따르는 급진파를 이용해 금서를 지키고 있는 온건파 흑마법사 하나를 납치했다. 그러고는 납치한 흑마법사를 세뇌시켜 화약을 만들게 했다.

그것으로도 모자라 천 년의 암흑 교단을 수호해야 할 암흑 기사들도 자신의 편으로 만들어 자신에게 방해가 된다고 생각한 인간들을 암살하도록 명령했다.

"이제는 정리를 할 때가 되었지."

"그로울리 혼자 뭘 할 수 있을까요?"

"하나의 힘을 너무 무시하는 거 아닌가? 하나가 얼마나 대단한 일을 할 수 있는지 모르나 보군. 100년도 못 사는 인간 하나 때문에 교단이 얼마나 위협을 받았는지 알고 있나? 마지막 정령사 샤피르가 그러했고, 15년 전 진 제국의 신녀였던 지수란이란 년 하나 때문에 교단의 위치가 발각

될 뻔했지."

"지수란? 혹시 현 진 제국의 황비가 될 뻔한 여인이 아 닌지요?"

"그렇지. 대단한 여인이었어. 천부적인 주술력으로 진 제국 최연소 신녀까지 오른 년이지."

"그렇게 대단한 여인이었습니까?"

"대단하지. 주술 하나로 진 제국에 잠입한 흑마법사들을 모조리 솎아 냈을 정도였으니까. 어린 계집년이 주술은 또 얼마나 강력한지 그년 근처에만 다가가도 흑마법사들의 힘 이 반으로 줄어들 정도였으니까."

"결국 죽었나요?"

"7년이나 걸리긴 했지만 결국은 작은 산골짜기에 숨어 있는 걸 겨우 찾아내서 죽였지."

노스 상단주는 놀랍다는 표정을 지었다. 대륙 최고의 비 밀 교단이 여인 하나로 인해 타격을 입었다는 것이 믿어지 지가 않았다.

"이제 천 년 교단의 숙원이 눈앞이다. 더 이상 교단의 일 을 방해하는 자는 용서할 수 없다."

소로스 은행장은 조용히 몸을 돌렸다. 그의 앞에는 교단 의 수호자인 암흑 기사들이 서 있었다.

"제1 사도가 아니라 암흑 교단의 교주로서 명한다. 그로울리를 비롯한 온건파의 인물들은 모두 척살하도록."

　소로스 은행장의 눈빛에는 강한 욕망이 넘실거렸다. 이
제 더는 기다릴 수 없다는 투로 중얼거렸다.

　"기다려라, 제국의 애송이. 그로울리를 처단한 후에는
네놈 차례다."

Chapter 6.
상단주 모하지

월슨 왕국의 수도 리하드에서의 둘째 날.

아카드는 에레나보다 먼저 눈을 떴다.

에레나는 피곤한 표정으로 새근새근 잠들어 있다.

매번 볼 때마다 똑바른 자세로 자고 있었는데 몸을 웅크리고 있는 것으로 보아 흑마법사 때문에 많이 놀란 것 같다.

어제까지만 해도 파리한 얼굴로 실리안과 라그니스를 꼭 안고 있었다. 아카드 역시 밤새도록 놀란 에레나 옆에서 그녀를 달래 주어야 했다.

에레나 입장에서는 아카드가 죽을까 봐 엄청 걱정했다고

한다. 고양이와 개의 정체가 정령이라는 것도 놀랄 일인데 켈베로스까지 보았으니 비명을 지르지 않은 것만 해도 대단한 일이다.

아카드는 에레나의 뺨을 한 번 쓰다듬은 뒤 침대에서 내려왔다. 창가로 다가가 문을 활짝 여니 바깥은 이보다 더 좋을 수 없을 정도로 화창하다.

창밖으로 얼굴을 내미니 사람들의 왕래도 많아 보인다.

사람들은 소로스 은행장이 화약을 만들고 있고, 화약을 무기로 전쟁을 일으키려 한다는 사실을 알고 있을까?

재앙은 항상 갑자기 나타나 모든 것을 쓸어 버린다.

아카드가 할 수 있는 것은 소용돌이 속에서도 자신의 것을 지키고자 최선을 다하는 것뿐이었다.

어젯밤에 나타났던 흑마법사의 말을 전적으로 신뢰할 순 없지만, 유황 광산의 목표가 화약이라면 무조건 박살 내야 한다. 막지 못하면 자신이 가진 모든 것을 빼앗기게 될 테니까.

아카드는 거울로 다가가 검은색 슈트의 옷매무새를 바로 잡고 외출 준비를 했다. 잠시 침대에 다가간 그는 에레나가 발로 찬 이불을 덮어 주고는 금방 온다는 메모를 남겨 두었다.

＊　　　＊　　　＊

"상단주님을 뵙고 싶으시다고요?"

아카드는 거리에서 가장 큰 상점으로 들어가 무턱대고 직원에게 상단주를 만나고 싶다고 했다.

"약속은 되어 있으시고요?"

황당한 표정의 점원은 아카드를 아래위로 훑어보았다. 평소 같으면 빗자루로 쫓아 버렸겠으나 딱 보아도 고급스러워 보이는 슈트와 외모에서 풍기는 분위기 때문에 최대한 공손한 태도로 물었다.

"있어? 없어?"

"출근은 하신 것 같은데…… 잠시만요. 누구라고 전하면 될까요?"

상대의 기에 놀란 점원이 조심스러운 표정을 짓자, 아카드는 짜증스럽게 말했다.

"상단주 어디에 있어? 내가 직접 가지."

직원을 협박하며 상단주실로 들어가자마자 술 냄새가 진동을 했다. 밤새도록 술을 마신 것으로도 부족해 여기서도 마신 모양이다.

잠에서 덜 깬 것으로 보이는 덩치 큰 남자가 거친 문소리에 억지로 눈을 떴다.

"누구야!"

"당신에게 돈 빌려준 사람. 보통 채권자라고 부르지."

"무슨 개소리야. 토미, 거기서 뭐해? 월급 받고 싶으면 이 정신병자를 얼른 끌어내!"

직원이 상단주의 눈치를 살피며 아카드에게 다가왔다. 그러고는 팔을 잡고 끌어내려고 할 때, 낯선 이방인이 서류 하나를 상단주에게 내밀었다.

"그동안 대륙은행에서 빌린 대출금이 꽤 밀려 있더군. 이러면 채권자 입장에서는 상단을 회수할 수밖에 없지."

"무슨 개소리야! 이딴 종이가 뭐라…… 헉!"

상단주는 술 냄새 풀풀 풍기는 입으로 욕을 지껄이다가 아카드가 내민 종이를 보자마자 벌떡 일어났다.

"검은 상인! 본인이시오?"

윌슨 왕국의 수도 리하드의 중소 상단 중 가장 큰 규모를 자랑하는 카바우 상회의 주인 모하지와 아카드의 관계는 대륙 전쟁 때로 거슬러 올라간다.

대륙 전쟁에 전쟁상인으로 참석한 윌슨 왕국의 상인들은 4대 상단의 사재기와 독점에 이익은커녕 엄청난 손해를 입을 위기에 처한다.

결국 4대 상단의 농락에 대응하기 위해 윌슨 왕국의 중소 상인들은 전장에서 악명을 떨친 검은 상인에게 사채를 쓰게 되었다.

4대 상단의 모략에서 살아남기 위해 찾아온 상인들에게 얼굴을 가린 아카드는 연 30%라는 말도 안 되는 고이자를 들이밀었다. 거기에 담보로 각 상단의 지분 51%를 요구했다.

당연히 반발하는 상인들에게 아카드는 달콤한 유혹 하나를 했다. 담보로 요구한 지분 51%는 원금과 이자를 갚지 못하면 조건부로 발동되는 것이라고 설명했다.

인간은 돈을 빌리면 당연히 갚을 수 있다고 자신한다. 그러나 원금과 이자를 갚을 수 있는 확률은 20%에도 못 미친다.

바로 그 심리를 파고 든 것이다.

윌슨 왕국에서 파견된 전쟁상인들은 조건부라는 말에 고개를 끄덕이며 사인했다. 당장 지분을 주지 않아도 된다는 데 못 빌릴 이유가 없다고 판단해서다.

오늘은 돈을 빌린 지 딱 1년째 되는 날.

카바우 상회의 상단주 모하지는 전쟁상인으로 참가해 아카드에게 돈을 빌린 사람 중 하나다.

모하지는 아카드가 검은 상인인지 대리인인지 확인부터 했다. 전장에서의 검은 상인은 항상 가면으로 얼굴을 가렸으니까.

"꼬락서니를 보니 돈 갚을 능력이 전혀 없어 보이는데?"

모하지 상단주는 갑자기 화장실로 뛰어갔다. 그러고는 대충 수건으로 머리를 털면서 다가왔다.

"토미, 뭐해? 마실 거라도 가져와."

"알겠습니다."

방금 전까지 아카드를 쫓아내기 위해 다가왔던 직원은 고개를 끄덕이더니 헐레벌떡 바깥으로 뛰어갔다.

"후우. 아이고, 미리 연락이라도 주셨으면 좋았을 것을. 추태만 보여드린 것 같습니다."

"이 방에 들어오니 왜 장사가 안 되는 줄 알겠네. 상단주가 술독에 빠져 있으니 손님이 올 리가 있나."

"하하하, 그러게 말입니다. 예전 같으면 이 정도 술도 끄떡없었는데. 나이가 들다 보니 술 깨는 속도도 예전 같지 않습니다."

모하지 상단주의 얼굴은 웃고 있었지만 눈동자는 죽어 있었다. 죽음을 기다리는 사형수처럼 상단주의 얼굴에 희망이라고는 찾아볼 수가 없었다.

전쟁터에서 4대 상단을 이겨 보겠다며 검은 상인이었던 자신에게 당당히 돈 내놓으라고 호통 치던 중년인의 모습은 어디에서도 찾아볼 수 없었다.

"이래서 나한테 빌려 간 돈은 갚을 수 있겠나? 설마 돈 없다고 배짱부릴 생각은 아니겠지. 난 그렇게 자비로운 사람이 아니야."

"잊지 않았지요. 검은 상인이 어떤 분인지는 전쟁에 참여한 상인이라면 잊을 수 없지요."

창과 칼, 화살이 난무하는 전쟁터에서 검은 상인이라는 존재는 하늘에서 뚝 떨어진 신성과 같았다.

개인의 힘으로 4대 상단을 골탕 먹이는 것으로도 모자라 홀로 진 제국 진영으로 쳐들어가 인질로 잡혀 있는 연합군 장군 하나를 구해 온 사건은 전설과 같았다.

검은 상인 한 사람으로 인해 전장 물자들을 독과점하고 물가를 조정하던 4대 상단은 막대한 손해를 입었다. 그럴 때마다 거대 상단들에 의해 손해를 봐야 했던 중소 상단들은 속으로 환호성을 질렀다.

검은 상인의 행보 하나하나가 마치 자신들이 이룬 것처럼 대리 만족을 느끼게 했다.

하지만 기쁨도 잠시, 연합군 사령부는 거대 상인들의 뇌물을 받고 상계를 어지럽게 만들었다는 명분으로 검은 상인을 최전방으로 쫓아 버렸다.

검은 상인이 사라지자마자 거대 상단들은 담합으로 물가를 어지럽히기 시작했다. 중소 상단들이 보유한 물품은 덤핑으로 가격을 낮춰 버리고, 거대 상단들만 가지고 있는 물품들은 폭등했다.

궁지에 몰린 중소 상단들은 조합이라는 단체를 설립해 똘똘 뭉쳐 보았지만 4대 상단을 이길 수 없었다. 자본으로 밀어붙이는 공격적인 행보에 조합은 무너지기 시작했다.

당시 조합장이었던 카바우 상회의 상단주 모하지는 지푸라기라도 잡는 심정으로 검은 상인에게 찾아갔다. 높은 이자가 마음에 걸렸지만 전쟁터라는 특수한 상황을 고려하면 충분히 수용할 수 있었다.

하지만 지분 문제에서 부딪치고, 조합장이었던 모하지는 검은 상인과 담판을 지었다.

매달 납부해야 하는 사채 이자를 1년 후에 갚는다는 조건을 성사시키는 대신, 지분을 담보로 한다는 검은 상인의 조건을 받아들였다.

대신 지분을 행사할 수 있는 권리를 1년 후로 한다는 검은 상인의 유혹을 받아들였다. 하나를 얻으면 하나를 내주어야 하는 것이 상인들이 짊어져야 할 숙명이다.

검은 상인의 자본으로 조합은 거대 상단의 공격에서 살아남을 수 있었다. 큰 이득은 보지 못했지만 4대 상단의 공격에도 손해를 보지 않았다는 것은 조합원들에게 자신감을 심어 주었다.

하지만 그들의 자신감은 1년도 가지 않았다.

최근 윌슨 왕국의 중앙은행인 대륙은행이 추가로 화폐를 발행하면서 물가는 폭등했다.

악재는 여기서 끝나지 않았다.

4대 상단 중 무기 시장을 석권하고 있는 그루먼 상단이 대륙은행을 등에 업고 부채에 시달리고 있는 중소 상단들을 강제 인수하면서 중소 상단들은 폭풍에 휩싸였다.

몇 달 전까지만 해도 모하지 상단주는 검은 상인에게 빌려 쓴 사채는 충분히 갚을 수 있다고 자신했다. 하지만 수입해야 할 타국의 물품 가격이 폭등하면서 거래처가 다 떨어졌다.

중소 상단 중 재무가 가장 튼튼하다는 카바우 상단이 이 정도니 다른 상단은 말할 것도 없었다.

대륙은행의 이율배반적인 추가 화폐 발행과 이자율 인상 정책은 작정하고 중소 상단들을 망하게 하려는 것처럼 보였다.

"그래서 돈을 못 갚겠다는 건가? 그럼 상단을 내가 가질 수밖에 없는데도?"

"직원들의 고용 승계만 약속해 주신다면 당신께 당장 넘기고 싶은 심정입니다."

모하지 상단주는 허탈한 표정을 지었다.

발이 부르트도록 뛰어다녀도 보고, 허리띠도 졸라매어

봤지만 길이 보이지 않았다. 가만히 파산을 기다리거나 악명 높은 그루먼 상단 놈들에게 고스란히 상단을 뺏길 상황까지 왔다.

"실망인데? 나한테 고함쳤던 패기만만한 사내는 사라지고 죽을 날만 기다리는 시체랑 대화하는 기분이야."

"어쩌겠습니까? 제 능력이 이것밖에 안 되는 것을요. 하루에도 몇 번씩 죽고 싶은 심정입니다. 저만 쳐다보는 직원들만 아니면……."

상단주는 말을 잊지 못했다. 노회한 주름 사이를 타고 눈물이 뚝뚝 떨어졌다. 그의 말 속에는 죽을 만큼 노력해도 무너져야 하는 억울함이 진하게 풍겼다.

"이대로 포기할 건가? 포기할 때 포기하더라도 4대 상단과 은행한테 한 방은 먹여야지."

"더 이상 대항할 힘도 없습니다. 아무리 싸워 봤자 그들의 입김 한 방이면 우리는 보잘것없는 개미라는 것을 깨달았으니까요."

"실망이군. 방금 전 나이 때문에 예전 같지 않다고 했나?"

"……."

아카드는 미련 없이 자리에서 일어났다.

고개를 떨군 상단주를 바라보는 그의 눈빛은 얼음처럼

차가웠다.

"내 눈에는 은행과 거대 상단의 공격에 자비만 바라는, 개미보다 미천한 노예처럼 보이는군. 직원에게 내가 머물고 있는 숙소를 알려 주고 갈 테니, 소유권 양도 증서나 가져와."

상단주실을 벗어나려던 아카드는 잠시 뭔가 잊어버렸다는 듯이 몸을 돌렸다.

"아, 참. 가져오는 김에 나한테 돈 빌려 갔던 상단들의 양도증서까지 가져와 줬으면 좋겠군. 당신이 조합장이었으니 그 정도는 어렵지 않겠지? 일당은 섭섭지 않게 쳐 주지. 삼 일 정도 기다려 주면 충분하겠지?"

거지에게 동정하듯이 대하는 아카드의 말 한마디에 모하지 상단주의 몸은 부르르르 떨렸다. 상계에서 일가를 이룬 상인으로서의 자존심이 비참하게 무너졌다.

"으아아아아아아아아아아!"

아카드는 등 뒤로 절규에 찬 고함 소리가 들리자 잠시 발걸음을 멈췄다. 방금 전까지 실망한 표정과는 다르게 지금은 살짝 미소를 지으며 혼잣말로 중얼거렸다.

"아직 완전히 노예가 된 건 아니군. 어떤 모습으로 바뀌어서 올지 기대해 볼까?"

　리하드에 잠입한 지 이틀이 지난 밤, 아카드에게 신뢰를 증명하겠다던 암흑 교단의 제2 사도 그로울리가 여관으로 찾아왔다.

　지난번과는 달리 회색 연기가 아닌 인간의 모습으로 나타났다. 옷도 칙칙한 로브를 벗어던지고 말끔한 회색 슈트와 중절모여서 누가 보아도 흑마법사가 아닌 30대 중반의 신사처럼 보였다.

　에레나는 두 정령들과 함께 옆방으로 자리를 옮겼다. 만약의 사태를 대비한 아카드의 배려였다.

　"얼굴이 피곤해 보이십니다. 두 분이 데이트하기에 좋은 명소를 소개해 드릴 수도 있는데?"

　"필요 없는 말은 생략하고, 신뢰에 대한 증거는 가져왔나?"

　에레나를 옆방으로 보내고 문을 닫은 아카드가 그로울리의 맞은편에 앉자마자 차갑게 쏘아붙였다.

　"하하하, 상인이 갖추어야 할 최고의 미덕은 인내심이라고 들었는데, 파트너가 될 사람에게 너무 몰아붙이시는 것 같습니다. 하하하."

　구렁이 담 넘어가듯이 여유롭게 말을 돌리는 그로울리는

목이 쉬었다기보다 메말랐다는 표현이 더 어울렸다. 30대의 외모와 전혀 어울리지 않는 노인 같은 목소리는 어딘지 모르게 섬뜩해 보였다.

"결국 신뢰를 위한 증거 하나 없이 말로 나를 설득하기 위해 찾아온 건가? 대단한 조직인 것처럼 떠벌리더니 나에 대해서는 아무것도 모르고 있는 모양이군."

아카드가 방문을 열고 나가 달라는 손짓을 하자 그로울리의 입술이 천천히 열렸다.

"암흑 교단의 금서 중 하나를 백작님께 양도하겠습니다."

"금서?"

아카드는 별 관심 없다는 듯한 표정으로 말을 툭 던졌다. 하지만 그의 눈가가 기대감으로 살짝 떨리고 있었다.

만약 금서라는 물건이 존재하고, 그로울리라는 암흑 교단의 사도가 자신에게 가져왔다면 화약에 버금갈 만큼 세상을 뒤바꿀 제조법일 것이 분명했다.

아카드는 표정 변화 하나 없이 다시 협상 테이블에 앉아 그로울리라는 인물의 눈을 쳐다보았다. 하지만 중절모의 신사는 꼼짝도 하지 않았다.

얼굴에는 처음 만났을 때와 다름없이 미소를 짓고 있지만, 그로울리는 속으로 끊임없이 갈등하고 있었다.

'금서를 앞의 청년에도 맡겨도 괜찮을까? 20년도 살지 않은 애송이가 수백 년을 살아 온 괴물 같은 소로스를 막을 수 있을까?'

중절모의 사내는 끊임없이 자신에게 질문하고, 갈등했다. 아카드라는 인물에 대해 조금 더 살펴보고 싶은 마음이 굴뚝같았지만 시간은 그들의 편이 아니었다.

암흑 교단 내에서 소수의 현자를 제외하고는 대부분 소로스의 행동에 지지를 보내고 있었다. 특히 혈기가 왕성한 교단 내 청년들은 인간 세상에 적극적으로 개입해야 한다는 주장을 펼치고 있었다.

더 이상 암흑 교단의 청년들은 교단의 현자와 학자들로 이루어진 온건파의 말을 듣지 않았다. 제1 사도였던 급진파 수장 소로스를 강력한 힘을 가진 혁명가로 찬양하며 단숨에 교주의 자리까지 올려놓았다.

소로스는 교주 자리에 만족하지 않았다.

급진파와 교단 청년들을 뒤에서 조종하며 금서까지 힘으로 강탈했다. 뒤늦게 그로울리가 교단에 복귀해 금서들을 회수했지만 이미 화약 제조법은 소로스의 손에 있었다.

결국 그로울리는 교단의 평화를 위해 결단을 내려야만 했다. 예전부터 눈여겨봤던 아카드를 이용해 소로스를 처단하기로 한 것이다.

현자와 학자들로 구성된 온건파의 지식과 아카드가 가진 과감성과 천재성이 합쳐진다면 가능성은 있다고 생각했다.

　거기다가 노틸러스 제국과 모건 해적단, 그리고 아스테리아 대륙 전역에 뿌리내리고 있는 점조직 블랙마켓이라는 든든한 지원군까지 갖추고 있었다.

　자신과 최고의 지식을 자랑하는 온건파가 아카드를 통제할 수만 있다면 소로스에게 재기 불가능한 상처를 충분히 입힐 수 있다는 결론을 내렸다.

　문제는 아카드라는 인물이 통제할 수 있는 인간인지 확신이 들지 않는다는 점이다. 만약 통제가 불가능하다면 거래의 조건으로 금서를 주는 것이 옳은 일인지 지금도 갈등 중이다.

　"그 정도 뜸을 들였으면 충분하지 않나? 상인의 미덕도 알 정도면, 상인에게 시간은 금이라는 상식 정도는 잘 알고 있을 텐데."

　그로울리는 허공에 손을 휘저었다.

　긴 손톱이 공중에서 춤을 출 때마다 투명한 허공이 균열을 일으키더니, 작은 원형의 공간이 생겨났다. 그로울리는 공간에 손을 쑥 집어넣은 후 다시 꺼냈다.

　허공에서 사라진 팔이 다시 모습을 드러냈을 때는, 그의 손에 두꺼운 책과 두루마리 하나가 들려 있었다.

"하나는 소로스의 모든 행적이 기록되어 있소. 그에게 포섭된 대륙 전체의 귀족들과 상인들. 그리고 두루마리 는……."

그로울리의 얼굴에서 미소가 사라졌다. 대신 그 자리를 긴장감이라는 감정이 차지하고 있었다.

"절대 세상에 퍼져서는 안 될 금서 중 하나입니다."

*   *   *

책을 오랫동안 보고 있어서 눈이 아픈 것인지 눈이 아파 서 몸이 피곤한지는 모르겠지만, 어느새 태양이 하늘 한가 운데 떠 있었다.

창밖에서 새어 들어오는 강한 빛 때문인지 아카드는 잠 시 눈살을 찌푸렸다. 그는 점심때가 되어 배에서 들려오는 신호에 그제야 잡고 있던 검은 책을 덮었다.

"대단하군. 대단해. 어떻게 이런 조직이 세상에 드러나 지 않을 수 있었지?"

책상에는 펼쳐 보지도 않은 두꺼운 책과 두루마리 두 개 가 있었다.

분명히 그로울리가 제안한 것은 금서 하나인데 어떻게 두 개의 두루마리가 책상에 놓여 있는 것일까?

애초에 그로울리가 꺼낸 금서는 무기 설계도였다. 단, 조건을 걸었다. 소로스와의 전쟁이 끝나면 회수하겠다는 것이다.

아카드는 단칼에 거절했다.

전쟁이라는 환경에만 효용 가치가 생겨나는 무기 따위에는 전혀 관심이 없었다. 대신 획기적인 약 제조법 두 가지를 요구했다.

무기에 비해 위험성이 적다고 생각한 것일까?

그로울리는 흔쾌히 신약 제조법이 적혀 있는 금서 두 개를 건네주었다. 추가로 정령사의 보물이 담겨 있는 던전의 지도 하나도 받아 낼 수 있었다.

'이럴 줄 알았으면 금서 세 개를 달라고 요구할걸.'

금서를 다 읽어 본 지금에 와서는 땅을 치며 후회했다. 하지만 이미 두 사람은 소로스의 계획을 저지하는 조건으로 공조 체계를 맺었다.

"온건파들이 암흑 교단의 현자와 학자 출신이라고 했지? 존재하지도 않는 뜬구름만 파고드는 족속답게 돈의 무서움을 전혀 모르는군. 그깟 무기 하나보다 이 금서 하나의 가치가 백 배 이상 뛰어나지. 암, 그렇고말고."

어느새 화약에 대한 근심은 저 멀리 사라졌다.

그로울리의 설명에 의하면 파괴력은 재앙에 가까울 만큼

뛰어나지만 물에 약하다는 근본적인 약점이 존재하고 있었다.

"유황 광산을 박살 내고 난 후 샤피르의 유적을 찾아 물의 정령을 깨우면 해결되겠네."

불의 정령을 이용해 유황 광산을 박살 내고, 이미 만들어진 화약은 물의 정령으로 무력화시킨다는 계획을 세웠다.

"슬슬 나가 볼까?"

"끝났어요?"

옆방에 있을 줄 알았던 에레나가 자신의 방에 있다. 아카드를 방해하지 않으려고 침대에서 실리안과 라그니스와 시간을 보내다가 중얼거리는 목소리에 조심스럽게 말을 꺼낸 모양이다.

"배고파요."

침대에서 내려와 책상에서 팔을 괴고 자신을 노려보는 에레나를 보고 있자니 영락없는 강아지다.

물론 라그니스처럼 험상궂은 강아지가 아닌 동화 속에서 나오는 밥 달라고 졸라 대는 아주 귀여운 강아지다.

아카드는 금서를 품 안에 챙기고 의자에서 일어났다. 그는 자신을 애처롭게 쳐다보는 에레나의 손을 잡고는 그녀의 손톱을 만지작거렸다.

손톱은 보석처럼 매끄럽고, 가느다란 손가락은 조금만

힘을 줘도 부러질 만큼 약해 보였기에 아카드는 조심스럽게 감쌌다.

어렸을 때부터 홀로 여행을 다니다가 에레나와 여행을 하게 되니 의지를 해 오는 상대가 나쁘지 않다. 아니, 솔직하게 말하면 어느새 자신이 에레나에게 의지하고 있는 것은 아닐까 하는 생각도 든다.

그녀와 함께 여행을 하면 설레기도 하고 어려운 일이 닥치더라도 웃게 된다. 또한 혼자보다 함께했을 때의 기쁨이 더 큰 것도 알아가게 된다.

그래서였을까?

아카드는 자신의 이런 감정을 감추려고 반사적으로 에레나의 손을 강하게 잡았다.

"나가자."

에레나는 손에서 느껴지는 고통에 살짝 콧등을 찌푸렸지만, 이내 미소를 지으며 고개를 끄덕였다.

"좋아요. 출발!"

＊　　＊　　＊

"지금이 여름인 줄 알아? 치마가 너무 짧잖아."

"오늘 날씨면 적당하다고요."

"감기 걸려. 들어가서 두둑하게 입고 와. 치마 대신 바지로 바꿔 입고."

아카드의 간섭에 에레나는 금방이라도 짜증이 폭발해 버릴 것 같은 표정으로 올려다보았다.

하지만 물주의 말이 절대적이라는 사실은 동서고금 진리다.

결국 에레나는 울상을 지으며 순순히 시키는 대로 옷을 갈아입었다. 약자인 그녀로서는 순순히 따를 수밖에 없었다.

결국 한 시간 동안 패션쇼를 한 뒤에야, 아카드의 입에서 '괜찮군.' 이라는 허락이 떨어졌다.

드디어 나갈 준비가 끝났다는 말이다.

허리띠와 구두, 외투 노릇을 할 로브까지. 악덕물주는 자신의 취향대로 골라 손수 건네주었다. 그녀는 황당한 표정을 지었지만 결국 물주가 주는 대로 걸쳤다.

"좋아. 아주 좋아."

어처구니없게도 지금 입은 복장이 아카드의 취향이라고 생각하고 마음먹으니 '진짜 그런가?' 라는 생각도 들었다.

채비를 마치자 아카드는 에레나의 가는 손을 잡고 여관방을 나섰다.

＊　　　＊　　　＊

"뭐 먹고 싶은 거 없어?"

"다 먹고 싶어요. 다요!"

에레나는 아직 심술이 풀리지 않았는지 양 볼이 힘껏 부풀어 올라 있다. 치마를 입으면 다른 사내놈들이 쳐다볼까 봐 최대한 평범하게 입혔는데, 거기서 화가 많이 난 것 같았다.

하지만 아카드는 자신의 뜻을 결국 관철시켰다. 사실 지금도 힐긋힐긋 쳐다보는 사내들 때문에 불의 정령 라그니스를 시켜 불태워 버리라고 명령 내리고 싶은 것을 겨우 참고 있었다.

'평범하게 입혔는데도 너무 튀어. 차라리 남장을 시킬 걸 그랬나?'

잠깐이지만 에레나를 다시 여관으로 데려갈까 고민을 했으나, 뒷감당이 힘들 것 같았는지 아카드는 그 말을 간신히 목구멍 속으로 되삼켰다.

대신 에레나가 먹고 싶다고 하는 건 뭐든지 사 줘야겠다고 생각했다.

아카드는 에레나의 손을 잡아끌며 사람들로 붐비는 인파 속으로 몸을 던졌다.

"저기 가요."

에레나가 한 식당을 가리켰다.

"싫어. 다른 데 골라."

고개를 돌려보니 아카드가 싫어하는 모든 조건을 갖춘 식당이다.

건물은 허름하고 사람은 또 얼마나 많은지 점심시간이 끝나감에도 불구하고 아직까지도 식당에 들어가기 위한 사람들의 줄이 끊이질 않았다.

"원래 저런 곳이 맛집이거든요? 워낙 곱게 자라신 도련님이라 잘 모르죠?"

"줄 서는 거 귀찮아. 그냥 제일 비싼 데 가서 먹어."

"와, 여행의 기본을 모르시네. 원래 타지에 오면 맛집은 꼭 들러 줘야 하거든요? 전 꼭 저기서 먹어야겠어요."

"돈은 있고?"

"이씨! 치사하게."

"억울하면 네가 돈 내든가."

아카드가 결정적인 약점을 지적했다.

에레나는 잠시 분한 표정을 지었으나, 뭔가 떠올랐는지 환한 미소를 지으며 아카드 앞으로 다가가서는 당당한 태도로 고개를 치켜들었다.

"사 주기 싫으시다면 이거라도 팔까요?"

에레나는 자신의 목을 가리켰다.

목에 걸려 있는 것은 바로 아카드가 무도회가 끝나고 선물한 에메랄드 목걸이다.

"너 진짜. 그게 얼마짜린데."

"그러니까 얼른 따라와요."

에레나의 결정타 한 방에 아카드는 어쩔 수 없이 줄을 섰다.

＊　　　＊　　　＊

"와, 인간이 어쩌면 모든 걸 돈으로 해결할 수 있을까? 치사하게시리. 줄 서서 밥 먹는 사람들한테 미안하지도 않아요?"

"내가 왜? 정당하게 지불하고 자리 차지한 건데 미안할 게 뭐 있어? 남들이 하지 못하는 걸 해내는 것을 사람들은 능력이라고 하지."

목걸이를 팔아 버리겠다는 협박에 아카드는 결국 길게 줄을 서 있는 사람들 대열에 합류해야 했다. 온갖 짜증을 내던 그의 눈에 한 소녀가 들어왔다.

'분명 식당 관계자다.'

아카드가 예상은 적중했다.

아카드는 양손 가득히 뭔가를 들고 식당으로 들어가려는 소녀를 잡았다. 알고 보니 식당 주인의 딸이었다.

소녀에게 제국 금화를 건네는 대가로 아카드는 줄을 서지 않고 에레나와 함께 뒷문으로 안내를 받았다. 그리고 가장 좋은 2층 테이블로 안내받아 편안하게 음식을 즐겼다.

2층에서 내려다본 리하드의 거리는 너무나 혼잡했다. 짐마차들과 다양한 피부색을 가진 사람들이 거리를 빽빽이 오가고 있다. 머리에 바구니를 인 채 걸어가는 여인들도 많다.

거리 전체에 사람의 흐름이 끊이질 않을 정도다.

식당가라 그런지 닭과 돼지와 같은 가축과 다양한 사계절 채소들이 끊임없이 몰려들었다. 무역의 나라답게 처음 보는 희귀한 재료들이 가득했다.

식사를 마치고 특산품 거리를 걸어가는 동안 에레나는 진기한 물건들을 구경하느라 정신이 팔려 있었다. 그녀의 관심을 끈 물건들 대부분은 장신구와 의복들이다.

'천생 여자군. 진즉에 구경시켜 줄 걸 그랬어.'

저렇게 좋아하는 모습을 보니 아카드의 마음에 후회가 밀려왔다. 얼굴이 환해지는 것을 보니 너무 자신 위주로 움직인 것이 아닌가 하는 미안함도 동반된다.

"저쪽이 광장인가 본데, 뭔가 재미난 일이라도 일어났

나?"

상점이 줄줄이 서 있는 교차로에서 분수대가 눈에 들어
왔다. 햇빛을 받아 반짝이는 물줄기가 솟아오르는 광장에
는 자유로움이 가득했다.

자유롭게 오후를 즐기는 사람들의 목소리와 거리 악사들
의 악기 소리가 뒤섞여 기분 좋은 소음들이 귀에 들어왔다.

아카드는 에레나의 손을 끌어 개점 중인 노천카페로 향
했다. 주인은 문을 열자마자 눈에 확 띄는 미인을 데려온
아카드를 향해 부럽다는 표정을 짓더니, 제국 금화 하나에
웃으면서 맛있는 커피를 내주었다.

식당에서도 느꼈지만 윌슨 왕국의 화폐 가치 하락은 눈
에 띌 정도다. 대부분의 주인들이 타국의 화폐보다 세 배
이상 비싼 가격을 요구할 정도다.

지금도 커피 한 잔에 윌슨 금화로는 손가락 세 개를 펼쳤
던 주인은 제국 금화 하나를 내밀자마자 고개를 끄덕이며
커피 두 잔과 머핀을 친절하게 노천 테이블로 갖다 주었다.

작년까지만 해도 제국 금화와 윌슨 금화는 거의 1:1로
교환하였다. 그러나 지금은 어떤가. 매일매일 차이는 있겠
지만 대략 1:3이라고 봐도 무방할 정도로 윌슨 금화의 가
치 하락은 심각할 정도다.

"우와."

커피가 나오자마자 에레나가 탄성을 질렀다. 아름다운 자수가 새겨진 하얀 도자기로 만든 커피 잔 위에는 하얀 하트 모양이 둥둥 떠 있었다. 첫 손님을 맞아 주인장이 우유로 제법 신경을 써 준 모양이다.

커피를 한 모금 입에 물고 눈을 크게 뜨며 호들갑 떨던 에레나는 거리의 모든 것을 눈에 담아 두려는 듯 이리저리 구경하느라 정신이 없었다.

물가 폭등으로 윌슨 자국민들이야 어렵겠지만, 대륙 각지에서 모여든 사람들로 인해 도시는 여전히 활기가 넘친다. 수많은 상인들이 모여 거래를 하고 있고, 광장 곳곳의 카페마다 테이블에 꽃이 놓여 있었다.

햇살이 가득한 오후에 카페에 이렇게 앉아 있으니, 지금이 봄인지 가을인지 구분하기도 힘들어 보인다.

"책에서 본 거랑 너무 달라요."

윌슨 왕국 수도 리하드를 처음 방문한 에레나는 눈을 반짝이며 최대한 많은 것을 담아 두려는 것처럼 보였다.

"당연하지. 하루에도 얼마나 많은 것들이 바뀌는데."

"이래서 사람은 여행을 해야 한 단계 성장한다고 그러나 봐요."

제국과는 전혀 다른 도시의 모습에 넋이 빼앗긴 에레나가 아주 작은 목소리로 중얼거렸다.

"고마워요. 언제나."

아카드가 휙 돌아보자 에레나가 살짝 고개를 돌려 시선을 회피했다. 하지만 목덜미 부근은 빨갛게 달아오른 상태다.

"고마운 줄 알면 말이라도 잘 듣든가."

이국적인 풍경을 즐기다 보니 벌써 해는 저 멀리 모습을 감추려고 하고, 하늘은 점점 어두워지기 시작했다.

"딱히 말 안 들은 적은 없는 거 같은데요."

"지금처럼 말대답도 하지 말고."

"이건 말대답이 아니라 사실이거든요."

"상관 말에 꼬박꼬박 대드는 건 말 대답이거든?"

"제가 아카데미 선배거든요?"

여자의 자존심 때문인가?

이 여자는 자신에게만은 절대 지려고 하지 않는다. 그래 봤자 아카드에게는 귀여운 강아지에 불과하지만.

"난 제국의 백작이자, 최연소 원로원 의원이거든?"

아카드는 자신의 작위를 내세워 찍어 누르더니 테이블에서 일어서며 팔을 내밀었다.

"와, 남자가 치사하게시리."

에레나는 살짝 눈을 흘기며 노려보았지만, 기다렸다는 듯이 오른손을 팔랑거렸다.

아카드와 에레나는 그렇게 한참 동안 말싸움을 벌였다. 하지만 노을을 향해 걸어가는 두 사람의 표정에는 여유로운 미소가 끊이질 않았다.

Chapter 7.
범죄 교육

여관으로 돌아오니 두 사람 앞에 사내들이 진을 치고 있었다. 웅성거리던 그들 중 한 사내가 앞으로 나와 아카드에게 소리쳤다.

"한 번만 더 기회를 주십시오."

"기회를 주십시오!"

사내의 정체는 카바우 상회의 상단주 모하지다. 그의 행동을 따라 뒤에 서 있던 사내들도 일제히 무릎을 꿇고 사정했다.

"내가 왜 싸워서 이길 가능성도 없는 당신들을 도와줘야 하지?"

"전쟁터에서 그랬던 것처럼 한 번만 기회를 더 주십시오! 이번에도 반드시 이겨 보이겠습니다."

"난 당신들처럼 노예근성을 가진 상인들은 도울 수 없으니까 당장 내 눈앞에서 사라져 줬으면 좋겠는데."

그때 아카드의 소매가 살짝 늘어났다. 고개를 돌리자 에레나가 눈을 깔며 고개를 작게 흔들었다.

"지나가던 사람들이 쳐다봐요. 안에서 이야기해요."

"이야기할 생각 없다니까."

"그래도. 일단 안에 가서 이야기해요."

에레나는 낑낑거리며 아카드의 등을 밀었다. 그녀의 노력 덕분에 아카드와 사내들을 한 방에 모을 수 있었다.

"도와주십시오!"

사내들은 방 안에서도 '도와주십시오!' 라는 말만 반복하고 있었다. 하지만 아카드는 그들을 향해 눈길도 주지 않았다.

"밑에 내려가서 마실 거라도 좀 챙겨 올게요."

"그럴 필요 없어."

"갔다 올게요."

시선을 어디다가 둬야 할지 어쩔 줄 몰라 하던 에레나가 슬그머니 빠져나갔다.

그녀가 밖으로 나간 이후에도 방 안에는 어떤 말소리도

들리지 않았다. 누군가가 들어왔다면 숨이 막혀 금방이라도 도망갈 것 같은 무거운 분위기가 방 전체를 지배하고 있었다.

"당신들 상단을 팔아서 내 원금과 이자만 챙기면 그만인데, 왜 위험과 귀찮음을 감수하면서까지 당신들을 도와야 하지? 날 설득해 봐."

아카드가 천천히 자리에서 일어나 자신 주변에 모여 있는 상단주들을 둘러보았다. 그의 시선이 닿을 때마다 상단주들의 몸은 움찔거렸다.

한심한 듯이 바라보는 아카드의 눈빛에 상단주들은 위축되었다.

"전쟁터에서 4대 상단들을 이겨 보겠다며 나를 찾아왔던 사나이들은 사라지고, 겁쟁이들만 잔뜩 모였군."

아카드는 그들의 자존심을 무참히 짓밟아 버렸다.

"이런 자들만 믿고 윌슨 왕국으로 건너 온 내 자신이 한심하군."

아카드는 진심으로 화가 난 상태다.

교황과의 일정을 취소하고 윌슨 왕국으로 발걸음을 돌렸을 때는 여러 가지 가능성을 염두에 두고 있었다. 만약 유황 광산이 신기술과 관련이 있다면 4대 상단 중 하나인 그루먼 상단의 돈줄을 끊어 버릴 각오까지 했다.

그러기 위해서는 윌슨 왕국 내부의 동업자는 필수다.

아카드는 자신과 함께할 동업자로 대륙전쟁에서 자신에게 돈을 빌려 갔던 이들을 염두에 두고 있었다. 하지만 이들의 우두머리인 모하지 상단주의 실상을 눈으로 확인하자마자 기대를 접었다.

그들의 모습에서 더 이상 상인의 자부심은 찾아볼 수가 없었다.

아카드는 귀족이라는 직책보다 상인이라는 직업에 자부심을 가지고 있었다. 그가 생각하기에 인간의 직업 중 스스로의 힘으로 정점을 찍을 수 있는 유일한 직업이 상인이라고 생각했다.

스스로의 힘으로 전쟁상인으로 참가해 거부가 되었고, 4대 상단을 상대할 수 있는 힘을 갖췄기에 아카드는 상인이라는 직업에 자부심을 가지고 있었다.

이런 자부심이 있었기에 소로스 은행장의 외동아들이나 골드만, 클라우스 가문의 후계자 루시르 앞에서도 당당할 수 있었다.

그러나 이자들은 어떠한가?

그루먼 상단과 대륙은행의 연합 공격 한 번에 모든 의욕을 잃었다. 상인으로서의 자부심은 눈을 씻어도 찾아볼 수 없다.

"고작 이 정도 변수에 자포자기하는 겁쟁이라니. 당신들만 믿고 일을 진행하려 했던 내가 부끄러워."

"우리가 어떤 상황인지 알고나 계시오? 주변 상단들이 어떻게 무너졌는지 알고 있냐 이 말이오!"

아카드의 신랄한 비판에 모하지 상단주가 발끈했다.

"착각하고 있는 것 같은데…… 난 채권자야. 후원자가 아니라고. 내가 당신들 일까지 하나하나 신경 써야 해?"

"……."

"어이. 모하지 상단주."

모하지 상단주가 고개를 들었다. 눈에 핏발이 잔뜩 솟아난 것이 아카드를 한 대 칠 기세다.

"뚫린 입이라고 아무렇게나 지껄이지 마. 상인이라면 물가 변화와 거대 상단의 횡포 정도는 알아서 대비해야 하는 거 아냐? 그 정도 변수도 대처할 수 없으면 상인 노릇 때려치워야지. 안 그래?"

"아무리 우리가 당신 돈을 빌렸다지만 말이 너무 심한 거 아니오!"

모하지 상단주가 벌떡 일어났다. 상단주들도 벌떡 일어나 험악한 표정으로 아카드에게 다가왔다.

그러나 아카드는 눈 하나 깜박거리지 않는다. 오히려 비웃음이 점점 짙어간다.

"솔직하게 말해 봐. 전쟁상인으로 참가했을 때가 힘들어, 아니면 지금이 힘들어? 난 아무리 생각해도 그때보다 지금이 훨씬 좋은 상황인 것 같은데."

상단주들은 아카드의 말에 누구도 대꾸할 수 없었다.

생각해 보면 그때는 거대 상단이 네 개나 있었지만, 지금은 두 개다. 더구나 자신들을 공격하는 상단은 그루먼 상단 하나뿐인 상황이다.

"더 이상 당신들 투정 받아 줄 시간 없으니 이 방에서 나가 줬으면 하는데."

아카드가 비웃자 모하지 상단주는 몸을 휘청거렸다.

모하지 상단주를 부축하던 다른 상단주들도 마찬가지다. 검은 상인에 대한 기대감을 가지고 찾아왔지만 기대는 좌절로 바뀌었다.

"이렇게 된 이상 그냥 물러날 수 없소. 뭐든지 시켜만 주시오. 대륙은행 앞에 가서 분신자살이라도 하라면 따르리다."

모하지 상단주는 악에 받친 눈동자로 아카드를 노려보았다. 그는 자신을 부축해 주려는 동료들의 팔도 뿌리치고 혼자의 힘으로 다가왔다.

탁!

봉투 하나를 탁자 위에 내려놓았다.

"이게 뭐지?"

"함께 싸우겠다는 우리의 각오요."

아카드가 봉투를 열어 보니 자신에게 사채를 빌린 상단들의 지분이다. 친절하게도 소유권 이전 등기 서류까지 알아서 준비해 왔다.

일주일간의 공시 기간이 필요하지만 이 서류들만 있으면 여기 있는 상단들은 아카드의 소유가 된다.

"이렇게 죽으나 저렇게 죽으나 마찬가지요. 그렇다면 그루먼 상단과 은행한테 한 방 먹인 후 죽고 싶소."

"잘못하면 쥐도 새도 모르게 죽을 수 있어. 4대 상단과 은행이 얼마나 더러운 놈들인지 잘 알고 있을 텐데?"

아카드의 은근한 협박에도 모하지 상단주는 물러서지 않았다. 오히려 한 발 다가서며 목소리를 높인다.

"제 말을 농담으로 들었소이까. 죽을 때 죽더라도 한 방 먹이고 싶소. 안 그렇소이까?"

"그렇습니다!"

"옳소! 어떻게 가꾼 상단인데, 그놈들이 가져가는 꼴은 죽어도 못 보지!"

아카드의 말 한마디가 상인들의 자존심을 건드렸나 보다. 상단주들은 하나둘씩 모하지 상단주의 말에 동조하며 소리쳤다.

"마지막 기회야. 자네들이 지금이라도 그만하겠다고 하면 내가 나서서 좋은 값에 상단을 팔아 주지. 하지만 기회를 놓치면 목숨까지 위험할 수 있어. 그래도 할 거야?"

"상단을 잃는 건 관계없는데, 목숨까지 걸어야 하오?"

"한번 시작하면 멈출 수 없어. 온갖 더러운 술수가 판칠 거야. 이제는 그루면 상단이 망하든지 우리가 망하든지 둘 중 하나거든. 한 번 더 기회를 주지. 목숨 걸 수 있어?"

목숨까지 걸어야 한다는 말에 상단주들은 부르르 떨었다.

끄덕끄덕.

분위기상 상단주들은 서로를 마주 보며 고개를 끄덕였다. 그들은 목숨을 걸어야 한다는 말을 열심히 하라는 뜻으로 해석했다.

*　　　*　　　*

"정말 그게 가능해요?"

"가능하지. 조금만 생각을 바꾸면 얼마든지."

에레나는 본의 아니게 아카드와 상단주들의 이야기를 듣게 되었다.

아카드는 상단주들을 모아 놓고 말도 안 되는 계획을 짜고 있었다. 4대 상단 중 가장 비밀스러운 상단으로 알려진 그루먼 상단과 대륙은행을 동시에 파산시킨다는 계획이었다.

"전 아카드 군과 달리 평범한 학생이에요. 좀 더 자세한 설명이 필요해요."

에레나의 얼굴은 잔뜩 상기되었다.

대출 사기라는 엄청난 범죄를 아카드는 눈 하나 깜박하지 않고 계획했다. 그리고 범죄 대상으로 찍은 상대가 4대 상단과 월슨 왕국의 중앙은행인 대륙은행이다.

아카드의 계획에 동조한 상단주들은 돌아갔지만, 에레나는 듣지 말아야 하는 것을 들어서인지 손이 떨린다. 마음을 허락한 아카드가 혹여나 잘못될까 봐 말리고 싶다.

"너무 많이 알려고 하지 마. 당신이 감당할 수 있는 일이 아니야."

아카드는 슬그머니 에레나의 손을 잡으며 따뜻한 미소를 지었다. 그러나 에레나는 고개를 흔들었다.

"저도 알아야 해요. 당신을 따라 나선 이상, 당신이 하는 모든 일이 제 일이에요. 그러니 말해 주세요."

고개를 돌린 아카드의 입에서 피식 하는 웃음이 나왔다.

촛불 때문일까?

그의 옆모습이 살짝 달아오른 것처럼 보인다.

"하아, 너무 당황스러운데. 지금 고백하는 건가?"

"아니죠. 이건 추궁이죠."

"뭐?"

황당한 표정을 짓는 아카드에게 그녀는 고개를 살짝 돌리며 새침한 모습을 보여 주었다.

"한 배를 타고 가는데, 노를 쥐고 있는 사람이 폭포 쪽으로 배를 몰아가면 이유를 들어야 하지 않겠어요?"

"그러니까 나한테 책임 추궁을 하시겠다?"

"책임 추궁이라는 딱딱한 표현보다는 보험이라는 좋은 말도 있는데."

"좋아. 이야기해 주지."

아카드는 양손을 들고 항복했다. 친절하게도 그는 노트 하나를 꺼내 들고 앞으로 있을 대형 금융 사기에 대해 설명하기 시작했다.

"우선 사기를 공모하기 위해서는 설계자와 매입자, 그리고 운반자와 해결사가 반드시 필요해."

"이 계획을 짠 사람이 아카드 군이니 설계자는 설명할 필요 없고, 매입자에 대해서 설명해 줘요."

*　　　*　　　*

아카드는 윌슨 왕국으로 오기 전 하룻밤 묵었던 교회에서 이번 계획을 설계했다. 그는 교회를 떠나기 직전 사제에게 달려가 수정구를 빌려 달라는 부탁을 했다.

교회는 각 대륙에 퍼져 있기 때문에, 비상시에 연락할 수 있는 수정구를 필수로 구비하도록 되어 있었다.

교회를 책임지고 있는 사제는 거금을 기부한 아카드에게 기꺼이 수정구를 내주었다.

수정구에 다가간 아카드는 이번 사기 공모에서 매입자로 점찍어 둔 인물에게 제일 먼저 연락했다. 잠시 후, 매입자로 점찍어 둔 인물이 수정구에 나타났다.

"마스터, 이 시간에 무슨 일로 연락하신 겁니까?"

수정구에서 나타난 인물은 은빛 가면으로 얼굴 반쪽을 가리고 있었다. 그의 정체는 다인 왕국에서 새롭게 떠오르고 있는 크로우 상단의 상단주, 윌 크로우 2세였다.

"이번에 윌슨 왕국을 휘저어야겠는데, 네가 도와줘야겠어."

"말씀만 하십시오. 제가 어떻게 하면 되겠습니까?"

"지금 동원할 수 있는 여유 자금 좀 가지고 있나?"

"나르스 영지에서 생산된 만드라고라로 만든 정력제 때문에 현금을 쌓아 둘 자리가 없을 지경입니다."

아카드와 에레나가 여름방학 과제로 나르스 영지에 다녀

온 이후, 윌 크로우 2세는 그곳에서 신제품을 가지고 장사를 시작했다.

크로우 상단으로 명명한 신생 상단이 처음 출시한 건 만드라고라로 만든 정력제. 출시한 지 한 달밖에 되지 않았지만 공급에 비해 수요가 넘칠 정도였다.

거기다가 교황과 친분을 쌓을 정도로 교회와 사이가 좋다. 그러다 보니 크로우 상단은 종교의 권력이 강한 다인 왕국에서 최고의 상단으로 떠오르고 있었다.

"그럼 내가 윌슨 왕국에서 매번 물건을 보낼 거니까, 다인 왕국 화폐로 결제금을 줬으면 좋겠어. 가능하지?"

"자금은 넉넉하십니까? 요즘 윌슨 왕국에서 화폐를 마구잡이로 찍어내는 바람에 사정이 말이 아닌 걸로 알고 있습니다만."

아카드는 갑자기 입꼬리를 올리며 섬뜩한 웃음을 보였다. 그 모습을 그대로 봐야 하는 윌 크로우 2세가 한기를 느낄 정도다.

"사기꾼이 자기 돈으로 물건 사는 것 봤어? 대륙은행에서 대출금으로 물건 구매할 테니까, 잘 받기나 해."

"그럼 운반은 누가 할 겁니까? 물량이 많으면 저희 상단으로는 무리입니다만."

크로우 상단은 다인 왕국의 그 어떤 상단보다도 일손이

부족할 지경이었다. 다인 왕국을 넘어 타국에서까지 정력 제를 주문하다 보니 월슨 왕국까지 사람을 보낼 여력이 없었다.

"그래서 말인데, 내가 방금 전 괜찮은 상인 하나를 발견했거든. 자네가 직접 움직여 줬으면 하는데."

"그곳이 어딥니까?"

아카드는 교회 식당에서 자신에게 여러 가지 친절을 베풀었던 한 사내를 떠올리며 중얼거렸다.

"피어슨 공국에서 마르스라는 사내를 찾아."

*   *   *

"아카드 군의 계획이 성공했다고 쳐요. 근데 그루면 상단과 대륙은행이 가만히 있을까요? 여긴 노틸러스 제국이 아니에요. 월슨 왕국이라고요. 그들이 나쁜 마음을 먹고 아카드 군에게 해라도 끼치면 어떻게 할 건데요."

"왜? 내가 잘못될까 봐 무서워?"

"왜 제가 아카드 군을 걱정한다고 착각하세요? 전 단지 제 안전이 걱정돼서 하는 말이라고요."

매입자와 운반자에 대한 설명을 마친 아카드는 에레나를 향해 얼굴을 훅 들이밀었다.

"갑자기 왜 이래요?"

"거짓말 같은데? 정말 내 걱정은 하나도 안 하는 건가?"

에레나는 양손으로 아카드를 밀쳐냈다. 그녀는 다시 이런 짓 하면 용서하지 않겠다는 의미로 아카드를 째려보았다.

물론 아카드는 싱겁게 웃으며 그녀의 머리를 헝클어뜨렸다.

"아, 진짜!"

"당신이 우려하는 걱정거리를 불식시켜 줄 해결사에 대해서 설명하지."

에레나는 언제 그랬냐는 듯이 초롱초롱한 눈빛으로 바뀌었다.

"일을 진행하다 보면 수많은 변수가 생기지. 보통 금융 사기는 성공해도 문제고, 실패해도 문제거든."

"그렇겠죠. 실패하면 잡혀 갈 테고, 성공하더라도 법으로 허용하지 않는 죄를 저질렀기 때문에 후환이 두렵겠죠."

"오호, 잘 아네?"

아카드가 기특하다는 표시로 머리를 쓰다듬으려고 하자, 에레나는 아카드의 손을 가로막았다.

"무시하지 마요. 저 나름대로 제국 아카데미 우등생이거든요?"

"알았어. 까칠하기는."

아카드는 아쉽다는 표정을 설명을 이어나갔다.

"그렇기 때문에 금융 사기 사건을 종결짓기 위해서는 반
드시 해결사가 필요해. 해결사가 있어야 금융 사기 사건의
마침표를 찍을 수 있거든."

*   *   *

월 크로우 2세와 이야기를 끝내자마자 수정구에 나타난
사람은 아카드의 추천으로 제국은행장 자리에 오른 토마스
다.

"마스터, 밥은 먹고 다닙니까?"

토마스는 거만한 자세로 아카드를 향해 물었다.

"최단명 은행장으로 남고 싶어? 자세 똑바로 해라."

아카드의 해고 협박에 토마스는 어쩔 수 없이 의자를 당
겼다. 그러고는 볼멘 목소리로 중얼거렸다.

"흥! 무슨 바람이 불어서 연락하셨어요? 공작가 영애를
납치해서 타국으로 도망칠 때는 저한테 한 마디 상의도 없
으셨으면서."

"밤만 되면 매직폰 꺼놓고 야설에 빠져 사는 분이 누구

시더라? 귀국하자마자 이사회를 소집해서 야설에 중독되어 있는 은행장에 대해 주주들이 어떻게 생각하는지 물어봐야겠는데?"

"아이고, 마스터. 제가 얼마나 걱정하는지 잘 아시죠? 자나 깨나 마스터 생각에 눈물이 앞을 가려 잠을 잘 수가 없습니다."

"야설 보느라 온몸이 뜨거워서 잠 못 자는 건 아니고? 입에 침이나 바르고 거짓말을 하든가."

토마스는 갑자기 수정구를 가리고 좌우를 살폈다.

"마스터, 누가 들으면 어쩌려고 그래요. 남들이 들으면 진짜인 줄 알겠네."

자리가 사람을 만든다고 했던가?

어째 토마스 자식은 은행장 자리에 앉더니 거짓말이 점점 더 늘어간다. 지금도 안색 하나 바꾸지 않고 시치미를 뚝 뗐다.

"마스터, 그런데 진짜 무슨 일이십니까?"

토마스는 장난스러운 표정을 지우고 진중하게 물었다. 가장 오랫동안 아카드 옆에 있어서 그런지 그가 무슨 일을 꾸민다는 것을 금방 눈치챘다.

"너 뒤처리 좀 해 줘야겠다."

"갑자기 무슨 뜬금없는 말씀이세요."

"대륙은행과 그루먼 상단을 한 방에 보내려고 하거든."

"미쳤어요? 걔네들을 마스터가 왜 건드려요. 가뜩이나 전쟁이다 뭐다 해서 시국이 어수선해서 미치겠는데."

토마스는 펄쩍 뛰며 반대했다.

"그러니까 윌슨 왕국의 뿌리를 끝장내려는 거야. 그래야 딴마음을 먹지 않지."

아카드는 이어서 자신이 설계한 금융 사기에 관해 설명하기 시작했다. 시작과 중간 과정, 그리고 그가 생각한 마무리에 대한 설명이 꽤 오랜 시간 동안 이어졌다.

"내 계획이 어때?"

"기발한 생각이긴 한데, 그래도 위험하다는 생각은 어쩔 수 없네요."

"여기서 네 도움이 필요한 거야."

"마스터가 싼 똥을 저보고 치우라는 말씀이죠?"

"뭐? 똥? 은행장 자리에 앉더니 간이 배 밖으로 튀어나왔구나."

"아니, 내용을 요약하자면 그렇잖아요. 사고는 마스터가 치고 나보고 수습하라는 소린데, 그럼 내 안전은 누가 책임지는데요?"

아카드는 토마스가 해야 할 일에 대해 알려 주었다.

이야기를 듣는 내내 굳어 있던 토마스의 표정이 조금씩

풀리기 시작했다.

"아하. 결론적으로 마스터가 싼 똥을 여러 명한테 분산시키자, 그거네요?"

"지금 당장 귀국할 테니까 은행장실 비워 놓고 딱 기다려. 가자마자 모가지를 쳐 버릴 테니까."

"마스터. 농담이에요, 농담. 누구 분부신데 제가 감히 거절하겠습니까."

은행장 자리가 좋긴 좋나 보다.

토마스는 은행장 자리에 대한 애착을 강하게 드러내며 평소의 헤헤거리는 모습으로 돌아왔다.

"그런데 마스터, 이번 일 성공시키면 제국은행에 떨어지는 거 없습니까? 마스터 지시 사항을 안 따르겠다는 건 아닌데요. 이야기를 들어 보니까 윌 크로우 2세 혼자만 이득을 챙기는 것 같아서요. 가뜩이나 그 녀석 다인 왕국에서 잘나간다고 거만해졌는데."

"너보다 거만하겠냐? 자식, 은행장 됐다고 유세 떨기는."

"명색이 제국의 은행장이 움직이는데, 명분이 있어야 하지 않을까 하는 게 제 생각입니다."

"걱정 마. 이번 일로 인해 제국은행은 전 대륙으로 퍼져 나가게 될 테니까."

"알겠습니다. 그럼 저는 준비를 끝내고 마스터의 연락만 기다리겠습니다."

아카드는 토마스와 연락을 끊자마자 고개를 끄덕였다.

밖에서 자신을 부르는 에레나의 목소리에 아카드는 사제에게 수정구를 반납하고는 천천히 걸어갔다. 윌슨 왕국을 눈앞에 둔 그의 얼굴은, 선물 포장을 뜯기 전 기대하는 아이의 모습처럼 천진난만했다.

＊　　　＊　　　＊

"와, 진짜 아카드 군은 악마로군요."

"보통 이럴 때는 천재라는 표현을 쓰지 않나?"

아카드가 계획하고 있는 일에 대해 설명을 듣자마자 에레나는 고개를 흔들었다. 그녀의 표정에는 '어떻게 인간이 이런 생각을 할 수가 있지?'라는 생각이 그대로 함축되어 있었다.

"한 가지 궁금한 게 있어요."

"말해."

"대륙은행에서 대출 심사에 떨어지면 어떻게 해요? 만약 대출을 받지 못하면 아카드 군 계획은 무용지물이 되잖아요."

"오호. 생각 많이 했는데?"

에레나의 질문에 아카드는 의외라는 표정을 지었다.

에레나를 좋은 가문에서 가정교육을 받아 준법정신이 투철한 꽉 막힌 샌님 정도로 여겼는데 이 정도까지 이해했을 줄이야.

'한번 들었을 뿐인데 허술한 점을 금방 찾아내네?'

아카드는 고개를 끄덕이며 설명을 이어 갔다.

"지금까지는 주연에 관해서만 설명했지?"

"네."

"우리가 연극을 볼 때, 아무리 주연 배우가 뛰어나도 조연 배우가 별로면 재미가 없겠지?"

"그럼요. 흥행하는 연극들을 보면 분위기를 띄우는 건 주연이 아니라 뛰어난 조연들이죠. 조연이 재미없으면 연극이 삭막해지거든요."

"당연하지. 모든 범죄도 마찬가지야. 도둑질을 할 때는 바람잡이가 필요하고, 산적질을 하고 싶어도 망보는 정찰꾼이 필요해."

아카드의 설명은 어린아이도 이해할 수 있을 만큼 자세했다. 그에게 이런 면이 있었나 싶을 정도다.

노트에 동그라미를 그려 가며 설명하는 아카드의 옆모습에 에레나는 자신도 모르게 기분이 좋아진다.

'그에게 이런 자상한 면이 있었구나.'

같이 지내는 시간이 많아지고 그에 대해 알면 알수록 자꾸 새로운 장점이 나타났다.

'그의 진짜 성격은 따뜻한 것이 아닐까?'

아카드를 처음 대했을 때 느껴지는 차가움과 비틀어진 성격은 살아남기 위한 방어 본능일지도 모른다고 생각했다.

어렸을 때는 해적왕인 아버지를 보며 성장했고, 청소년기에는 전쟁상인으로서 무수한 위험과 치열한 생존경쟁에서 살아남아야 했다.

그 과정에서 당연히 누려야 할 어머니의 사랑을 느껴 보지 못했을 테니, 나누는 법을 알지 못하고 쌓아 두기만 했을 것이다.

'이대로 시간이 멈췄으면 좋겠다.'

에레나는 자신도 모르는 사이 점점 아카드를 이해하기 시작했다. 여행이 길어질수록 아카드를 바라보는 시선도 점점 더 애틋해진다.

"당신, 어디다 정신 파는 거야?"

"미안해요."

에레나가 묘하게 미소 짓는 모습에 아카드는 기분 나쁜 표정을 지었다. 설명하는 내용에서 웃을 만한 요소가 하나도 없는데 웃는다는 것은 딴생각을 하고 있다는 증거다.

"기껏 설명해 줬더니 딴생각이나 하고 말이야. 여기까지만 해."

"아, 맞다. 조연. 그래서 아카드 군의 계획에서 대출을 성사시킬 조연은 누군가요?"

"몰라. 피곤해."

갑자기 에레나가 양손을 들어 아카드의 얼굴에 갖다 댔다. 그러고는 삐져 있는 그의 양쪽 볼을 흔들며 달랬다.

"에휴. 잠깐 딴생각했다고 새초롬해하기는."

"뭐하는 짓이야?"

아카드는 얼른 얼굴을 빼려고 했다.

하지만 에레나는 놔 주지 않았다. 그녀는 대담하게도 아카드의 얼굴을 자신 쪽으로 잡아당겼다.

"너 뭐야? 아침에 뭐 잘못 먹었어?"

"왜요? 제가 이상해요?"

"사람이 평소에 안 하던 짓 하고 그러면 죽을 때가 다 된 거야. 그러니까 얼른 놔."

그녀의 착각일까?

아카드의 볼을 잡고 있는 손바닥에서 열기가 느껴졌다. 그는 눈을 부릅뜨고 자신을 위아래로 훑어보지만 이상하게도 전혀 위협적으로 느껴지지 않았다.

오히려 부끄러워하는 아이가 자신의 감정을 감추기 위해 화를 내는 것처럼 보였다.

'내 손이 뜨거워지는 걸까? 그의 얼굴이 뜨거워지는 걸까?'

에레나는 자신의 행동을 부끄러워하면서도 손을 놓지 않았다. 그 어떤 것보다도 따뜻하게 아카드를 바라볼 뿐이다.

"하나만 약속해 줘요."

"몇 개라도 약속할 테니까, 일단 손 놓지?"

"약속부터 듣고요."

"뭔데? 얼른 말해."

아카드가 살짝 그녀의 시선을 피했다.

에레나는 그의 이런 모습까지도 귀엽다고 느끼며 설명을 듣는 내내 가슴에 담아 두었던 말을 꺼냈다.

"일이 잘못되거나 위협이 느껴지면 같이 도망가요. 멀리."

"나 누군지 몰라? 아스테리아 대륙에 하나뿐인 정령사야. 당신의 안전이 걱정돼서 이러나 본데, 당신 몸에 상처 하나 내지 않고 빼낼 자신 있으니까 걱정하지 마."

"그러니까 약속해 주세요. 절대 생명이 위험한 지경까지 끌고 가지 않기."

에레나는 새끼손가락 하나를 아카드에게 내밀었다.

"다 큰 성인이 애도 아니고. 내가 고작 새끼손가락을 걸었다고 지킬 것 같아?"

"그러면요?"

"최소한 도장 정도는 찍어 주면 참고는 해 줄 용의가 있지."

"저 도장 안 가지고 왔는데요?"

"왜? 내 눈에는 잘만 보이는데."

"그게 무슨…… 읍!"

아카드는 피어나기 직전의 장미처럼 종알대는 에레나의 입술을 덮쳤다. 그의 품속에서 작은 반항이 느껴졌지만 개의치 않았다.

아주 오랫동안, 그리고 아주 깊게 도장을 찍은 후에야 그녀를 풀어 주었다.

Chapter 8.
재무부 과장 콩테

　무역 왕국인 윌슨 왕국은 다른 나라와는 다르게 재무부
와 대륙은행이 차지하는 위치가 독보적이었다.

　대륙의 화폐 발행을 관장하는 대륙은행은 왕실의 간섭을
일절 받지 않는 독립적인 기관이다.

　즉, 왕의 인장 없이도 재무부와의 상의를 통해서 얼마든
지 화폐를 발행할 수 있는 권한을 가지고 있었다.

　두 기관만의 특수한 공생 관계 때문에 타국의 사신들이
윌슨 왕국을 방문하면 왕실보다 대륙은행장과 재무대신에
게 먼저 인사를 올리는 것이 관례가 되어 버렸다.

　시간이 지나고 윌슨 왕국이 번창할수록, 두 기관은 그들

만의 단단한 성을 쌓아 올리며 세력이 더욱 커졌다.

"뭐? 중소 상단들이 조합을 만들었다고?"

"그렇습니다, 과장님. 아무래도 그루먼 상단의 공격적인 인수 합병에서 살아남기 위한 최후의 발악 아니겠습니까?"

며칠 전, 아카드를 찾아온 상단주들은 계획대로 조합 설립 신청서를 재무부에 제출했다. 지금쯤이면 인가에 대한 결론이 나와야 하지만, 재무부는 윗선의 지시로 인해 무기한 보류 상태로 묶어 두었다.

"무식한 놈들. 그런다고 제깟 놈들이 그루먼 상단의 손아귀에서 살아남을 수 있을 것이라 생각하는 건가?"

중소 상단들이 조합을 만든다는 말에 재무부 과장 콩테와 대륙은행 대출심사부 직원들은 코웃음 쳤다.

콩테 과장은 재무부에서 윌슨 왕국에 진출한 상단들의 신용도를 평가한다. 대륙은행 대출심사부 직원들은 콩테 과장의 도장이 찍혀 있는 신용 평가서를 바탕으로 대출의 가부를 결정한다.

그렇다 보니 콩테 과장과 대출심사부의 관계는 친밀할 수밖에 없었다.

지금도 콩테 과장은 식당에서 밥을 먹으며 자신이 후한 평가를 내린 상단 평가서를 대출 심사부 직원들에게 내밀었다.

"이번에는 과장님 기준에 맞는 상단이 없나 봅니다."

"어쩌겠나. 화폐를 추가로 발행하면서 나한테 줄 섰던 상단이 죄다 도산해 버리는데. 그렇다고 지금 같은 민감한 시기에 아무 상단이나 돈을 빌려줄 수는 없는 노릇 아닌가."

콩테 과장이 상단을 평가하는 기준은 의외로 간단하다. 자신에게 뇌물을 바치고 충성하는 상단들에게만 신용 평가 점수를 높게 책정하였다.

상단이 수익성이 밝은가, 미래가 기대되는 상단인가에 관해서는 전혀 관심이 없었다.

"나는 조합이 허가되었으면 하네."

"과장님! 그게 무슨 말씀이십니까?"

콩테 과장의 폭탄 발언에 은행 직원들은 일제히 그의 얼굴을 쳐다보았다.

"우리와 한 가족이나 다름없는 그루먼 상단에 대항하는 자들에게 기회라도 줘야 한다는 말씀입니까?"

"이 사람들이. 사람 말은 끝까지 들어야지."

콩테 과장은 식탁에 놓여 있는 스푼 하나를 들었다. 스푼은 접시를 향해 천천히 내려오더니 가운데 있는 스테이크를 마구 으깨어 버렸다.

"이 스테이크처럼 발버둥치는 개미를 밟아 죽이는 것도

재밌지 않겠나."

"아하. 버러지들에게 희망을 준 이후에 밟아 버리자는 말씀이시군요."

"과장님도 참 짓궂으시군요. 하하하."

"생각해 보니, 그것도 나름대로 별미인 것 같습니다."

식당은 어느새 그들만의 파티장이 되어 웃음소리가 넘쳐 났다.

그때 저 멀리서 재무부 직원 하나가 뛰어왔다.

"과장님, 보고드릴 게 있습니다."

"내 식사 시간까지 방해받을 만큼 시각을 다툴 일인가?"

콩테 과장은 자신의 식사를 방해한 직원을 향해 기분 상했다는 감정을 팍팍 드러냈다.

'도대체 얼마나 급한 일인가 두고 보자.' 라는 생각이 표정에 그대로 나타났다.

"그루먼 상단에서 잠시 들어오라는 연락이 왔습니다."

"뭐야? 그걸 지금 말하면 어떻게 하나!"

콩테 과장은 헐레벌떡 자리에서 일어났다. 덩달아 은행 직원들도 다 같이 일어났다.

"일어날 필요 없네. 다 먹고 오시게. 계산은 내가 하고 가겠네."

"과장님, 매번 감사합니다."

"뭘 이 정도 가지고. 다음에는 저녁에 좋은 곳에서. 알 지?"

"좋지요. 언제든지 불러만 주십시오."

"그래. 나 먼저 가 보겠네."

콩테 과장은 발걸음이 빨라졌다.

*   *   *

재무부 과장 콩테는 고급 살롱에서 젊은 여인과 만나고 있었다.

하지만 어딘지 모르게 눈치를 살피며 긴장한 기색이 역 력하다.

늘씬한 몸매에 눈 아래를 면사로 가린 여인의 몸에서는 요염하고 야릇한 분위기가 풀풀 풍겼다. 거기에 고고함까 지 품고 있으니 여인의 신분이 범상치 않음을 알 수 있었 다.

상단주들에게 마왕으로 불리는 콩테 과장도 이 여인 앞 에서는 고양이 앞의 쥐처럼 납작 웅크리는 자세를 취하고 있었다.

재무부 과장이라는 높은 직책에도 눈치를 살피는 데에는 이유가 있었다. 여인의 정체가 대륙에서 가장 영향력이 큰

거물 중 하나이기 때문이다.

공식적인 직함은 그루먼 상단의 상단주 노스.

살아남은 4대 상단 중에서도 무기 시장을 독점하고 있는 상단의 주인이다.

현재 그루먼 상단은 같은 4대 상단의 일원이자 원자재 시장을 독점하고 있는 스탠 상단을 제치고 최고의 성세를 누리고 있었다.

윌슨 왕국이 추가로 화폐를 발행하면서 스탠 상단은 철수해 버렸다.

원자재 자체가 화폐나 외부 환경에 가격이 민감하게 움직이기 때문에 윌슨 왕국에서는 이익을 낼 수 없다고 판단하고 포기한 것이다.

그에 반해 무기 시장은 수요가 꾸준한 데다 가격의 등락도 거의 없기 때문에 추가 화폐 발행이라는 변수에 별로 영향을 받지 않았다.

거기다가 소로스 은행장에게 유황 광산 개발이라는 특명을 받아 수행하고 있기에, 대륙은행에서 그루먼 상단을 대놓고 밀어주고 있었다.

대륙은행의 독단으로 이뤄진 추가 발행도 상계에서는 '그루먼 상단을 밀어주기 위해서가 아니냐.'라는 소문이 있을 정도다.

여인의 정체가 이렇다 보니 아무리 날고 기는 재무부의 관료라고 할지라도 머리를 조아릴 수밖에 없었다.

"중소 상단들이 조합을 신청했다지요?"

"그렇습니다. 일단 신청서를 받기는 했는데 어떻게 처리하면 좋겠습니까? 아무래도 반려하는 게 좋겠지요?"

"조합에 대한 인허가는 과장님의 업무가 아닌 걸로 아는데."

"그쪽 담당자가 제 사수입니다. 노스 상단주님이 명령만 내려주시면, 내일 아침이라도 조합 설립을 불허한다는 공문을 발송할 수 있습니다."

"보기와는 달리 능력이 좋으시네요. 한잔 하시죠."

노스 상단주가 콩테 과장을 향해 위스키 잔을 흔들었다.

"이렇게 불러 주시니 영광입니다."

콩테 과장은 황송하다는 듯이 몸을 옆으로 돌려 두 손으로 공손하게 잔을 비웠다.

"이대로만 흘러가면 윌슨 왕국 내 모든 상단들을 합칠 수 있는데, 하필 이 시기에……."

위스키 때문일까?

조합 때문일까?

잔을 비운 노스 상단주의 미간이 찌푸려진다.

그루먼 상단은 대륙은행에서 지원받은 자금의 70%는 유황 광산에 투자하고, 30%는 윌슨 상단을 매입하는 데 사용하고 있었다.

호황기라면 30%의 자금으로 어림도 없다.

하지만 대륙은행이 추가로 화폐를 발행함으로써 윌슨 왕국의 경제는 지독한 불황기에 접어들었다.

중소 상단들이 줄줄이 도산하고, 그 과정에서 재무 구조가 튼튼했던 알짜 상단들이 터무니없는 가격에도 매물로 나왔다.

바야흐로 현금이 많은 사람이 골라잡을 수 있는 시대가 도래한 것이다.

"갑자기 조합이라는 변수가 등장하는 바람에 썩 기분이 좋지는 않군요."

"마지막으로 발악하는 거 아니겠습니까? 너무 걱정하지 마십시오. 심사를 핑계로 몇 달이고 시간을 끌다 보면 그놈들도 지쳐 떨어지지 않겠습니까?"

공무원에게 있어 높은 사람과의 인맥은 빠른 출세를 보장한다.

콩테 과장은 어떻게 해서든지 노스 상단주의 눈에 들기 위해 손까지 비벼 대며 최선을 다했다. 그루먼 상단의 후원만 받을 수 있다면 재무대신이라는 만인지상의 자리도 꿈은 아닐 거라고 확신했다.

'그루먼 상단의 눈에 들 수만 있다면 무슨 짓이라도 해 내리라.'

상인은 효용 가치가 있어야 지갑을 연다.

콩테 과장은 어떻게 해서든 노스 상단주의 눈에 들기 위 해 혈안이 되어 있었다.

"다인 왕국 동향에 대해서는 아는 게 있나요?"

"스탠 상단이 신경 쓰이시는 모양이군요."

"중소 상단이 하나로 뭉쳐 조합을 만든 배경에 스탠 상 단이 있지 않나 싶어서요."

유황 광산 개발을 그루먼 상단이 따내면서 스탠 상단과 의 관계는 급속도로 나빠졌다. 과거에 서로의 영역을 인정 해 주던 분위기는 사라졌다.

지금은 틈만 생기면 상대를 물어뜯기 위해 혈안이 되어 있었다.

"아닐 겁니다. 스탠 상단의 동태는 제가 특별히 신경 써 서 살펴보고 있습니다. 현재 원자재 가격의 폭등으로 당분 간 윌슨 왕국이라는 시장을 포기하고, 다인 왕국에서의 명 성을 지키기도 벅찬 상태입니다."

"그런가요? 다인 왕국에 무슨 일이라도 있나 봐요?"

"크흠."

콩테 과장은 이 타이밍이 중요하다고 생각했다.

그루면 상단을 위해 자신이 얼마나 뛰어다니는지 보여 줄 타이밍이라고 생각했는지, 그는 기침을 하며 잠시 뜸을 들였다.

"다인 왕국에 새로운 상단 하나가 출현했거든요. 그런데 말도 안 되는 성장을 보여 주는 바람에 스탠 상단의 위치가 흔들릴 정돕니다."

"말도 안 돼요. 아무리 그래도 4대 상단인데 신생 상단 하나 때문에 흔들리다니요. 도대체 주력 상품이 뭐기에……."

콩테 과장은 잠시 뜸을 들였다.

"정력제입니다."

"뭐라고요? 정력제? 호호호호."

"없어서 못 팔 정도라고 하더군요."

"다인 왕국이라면 교권이 강한 나라인데, 그렇게 정력제를 대놓고 팔 수가 있나요?"

"그 상단이 교회와 친분이 돈독한 것 같더군요. 교회에서 '과하게 복용하지만 않으면 안전하다.'라고 발표까지 했답니다."

"교회에서 확실하게 밀어주는 모양이군요."

"그렇습니다. 스탠 상단이 여기까지 신경 쓸 여력이 없을 겁니다."

"과장님이 그렇다면 그런 것이겠지요."

그러나 노스 상단주는 경계를 풀지 않았다.

스탠 상단이 최근 어려움을 겪고 있다고는 하지만 기본적으로 4대 상단이다. 언제든지 그루먼 상단의 뒤통수를 칠 능력이 있는 자들이다.

"아무리 그렇다고 해도, 스탠 상단 동향을 항상 주시하세요. 그리고 조합 인허가는 승인해 주세요."

"조합 창설을 허락하신다고요? 이상한 짓이라도 하면 어떻게 하시려고요?"

콩테 과장은 의외의 대답에 목소리가 올라갔다.

"스탠 상단이 뒤에 있다면 언젠가 정체를 드러낼 것이고, 만약에 아무 배경도 없이 조합을 만든 거라면……."

노스 상단주는 얼음 사이로 흘러나오는 갈색 액체를 입술로 넘기며 잔을 내려놓았다.

"한꺼번에 잡아먹히겠지요. 어느 쪽이든지 제가 손해 보는 장사가 아니니 승인해 주도록 하세요."

요염한 분위기를 풍기는 노스 상단주의 눈동자가 뱀처럼 번뜩거렸다.

* * *

며칠 후.

한 사내가 대륙은행 본점의 계단 위를 올랐다.

하얀 대리석으로 만들어진 높은 계단을 성큼성큼 올라간 사내는 회색 머리카락과 수염을 휘날리며 당당하게 어깨를 펴고 대출 부서라는 명패가 꽂혀 있는 문 앞에 섰다.

사내의 정체는 아카드.

에레나가 손수 걸어 준 변장 마법의 효과로 남들이 보면 30대의 미중년처럼 보인다.

딱 한 가지 단점이라면 입술 옆의 커다랗고 까만 점이다. 까만 점 하나 때문에 완벽한 미중년의 밸런스가 묘하게 흐트러진다.

다른 여자들이 아카드에게 눈독들이지 못하도록 에레나가 일부러 찍은 것처럼 보인다.

대출을 심사하는 사무실 앞에 선 아카드는 뭔가를 중얼거리더니, 긴 손가락으로 과감하게 문을 두들겼다.

"돈 빌리러 왔습니다."

*　　　*　　　*

은행심사부 담당자는 의자를 옆으로 돌려 다리를 책상에 올리고 오수를 즐기고 있었다.

요즘 같은 불경기에 대출을 받겠다는 상단도 없고, 설령 있다고 해도 쉽게 해 줄 리가 없다.

대부분의 대출은 은행이 아니라 은밀한 곳에서 승인해 주는 게 작금의 현실이다.

"아이, 씨. 밤새도록 술 퍼마시느라 피곤해 죽겠는데. 어떤 놈이야?"

콩테 과장과의 술자리로 인해 담당자의 몸은 천근만근이었다. 초저녁부터 시작된 술자리는 새벽까지 이어졌다.

광란의 밤을 보내느라 사무실에서 잠을 보충하던 담당자는 오만상 짜증을 부리며 불청객에게 눈을 부라렸다.

"무슨 일이오?"

은행원은 오만하게 아카드를 위아래로 훑어보았다.

자신의 잠을 깨운 사내는 한눈에 봐도 비싸 보이는 슈트에 조끼 사이로 금으로 만든 시계가 살짝 비쳤다.

"은행에 돈 좀 빌릴까 싶어서 찾아왔습니다. 다음에 올까요?"

"일단 앉으쇼."

일단 사내를 들였다.

짜증은 나지만 은행에는 자체 매뉴얼이라는 것이 있다.

일단 고객이 오면 응대하는 것이 최우선이다. 괜히 상대가 앙심이라도 품고 투서라도 보내면 은행은 내규에 따라 감사를 받게 된다.

감사로 낙인이 찍히면 그 직원은 영원히 출셋길과 멀어진다. 공무원과 마찬가지로 은행원도 경력에 흠이 생기면 승진 우선순위에서 영원히 밀리게 되어 버린다.

자신의 안위를 위해 담당자는 찾아온 고객을 응대할 수밖에 없었다.

'돈 빌리려는 자식의 태도가 뭐 이리 뻣뻣해?'

대출을 받기 위해 찾아오는 사람들은 대출 담당자에게 굽실거리는 것이 일반적이다. 하지만 앞의 사내는 은행에 맡긴 돈이라도 찾으러 온 사람처럼 당당했다.

중간에 잠을 깨느라 기분이 좋지 않은 담당자는 비딱한 눈으로 아카드를 쳐다보았다. 첫인상부터 시작해서 태도, 심지어 잘생긴 외모까지 불만이다.

'일단 들어 보고 하나만 꼬투리 잡히면 쫓아 보내야겠다.'

담당자는 무뚝뚝한 태도로 아카드에게 자리를 권했다.

"소속이 어떻게 됩니까?"

은행원의 말이 끝나기가 무섭게 아카드는 안주머니에서 명함 수첩을 꺼냈다. 악어가죽으로 만들어진 명함 수첩에서 새하얀 명함 하나를 꺼냈다.

아카드는 위조된 명함 하나를 탁자에 내려놓고 검지로

밀었다. 손가락 힘에 밀린 명함은 스르르 소리를 내며 은행원 앞에 도달했다.

"중소 상단 조합, 조합장, 드뷔어스?"

담당자는 명함에 적혀 있는 것을 중얼거렸다.

아카드를 찾아온 상단주들은 이튿날 바로 조합 인허가 신청서를 재무부에 제출했다. 조합의 대표는 아카드를 내세웠으나, 가명을 사용했다.

대륙은행장이 소로스임이 밝혀진 이상 아카드는 자신을 숨겨야 했다. 윌슨 왕국에 아카드가 입국했다는 것을 알아채기라도 하면, 소로스 은행장이 무슨 수를 쓸지 모른다.

금융 사기는 고사하고 목숨의 위협을 받을 수도 있기에, 블랙마켓에서 제공한 가명을 사용했다.

"맞습니다. 조합에서 사업 확장을 위해 돈을 빌리러 왔습니다."

은행원이 슬그머니 자세를 바꿨다.

중소 상단 조합이라면 콩테 과장이 특별히 신경 쓰는 곳의 사람이기 때문이다.

'신용 평가서는 내가 처리할 테니까, 무조건 대출을 받아 줘.'

콩테 과장은 중소 상단 조합에서 찾아오면 무조건 대출을 승인해 주라는 명령을 내렸다.

"대출 심사에 필요한 서류는 가져오셨습니까?"

"기본이죠."

아카드가 봉투 하나를 내밀었다.

"철두철미한 성격이시군요."

"별말씀을요."

은행원은 아카드가 내민 봉투를 열어 들어 있는 서류를 꼼꼼하게 살펴보았다. 은행원이 지적할 것도 없이 대출에 필요한 모든 서류들이 준비되어 있었다.

"일단 돌아가십시오. 결과는 일주일 후에 연락드리겠습니다. 명함에 적힌 곳으로 연락 보내면 되겠죠?"

"그렇습니다. 근데 심사는 어디서 하는 겁니까?"

"여기서는 소액 대출에 대한 심사만 합니다. 고객님처럼 상단이 대출받기 위해서는 재무부의 신용 평가서가 반드시 필요합니다. 우린 재무부에서 받은 서류를 토대로 대출을 결정하는 것이고요."

"그렇군요. 잘 부탁드리겠습니다."

"좋은 결과 있으실 겁니다."

은행원은 처음과 다르게 억지웃음을 지으며 아카드에게 고분고분한 태도를 보여 주었다. 아마 콩테 과장과 친분이 있다고 생각하는가 보다.

"그럼 안녕히 가십시오. 저는 밀린 일이 많아서 그만."

"은행 업무 때문에 바쁘시겠습니다."

"위에서 까라면 까고, 주면 주는 대로 해야 하는 게 우리 일 아니겠습니까. 공무원이나 은행원이나 그게 그거죠."

"그렇군요. 이만 가 보겠습니다."

아카드는 담당자와 악수를 나눈 후, 문을 열었다.

밖으로 나가려던 아카드는 잠시 걸음을 멈췄다.

"혹시 신용 평가서를 담당하는 분의 성함을 좀 알 수 있을까요?"

대출 담당자는 대수롭지 않게 대답했다.

"재무부 콩테 과장님이십니다. 또 궁금한 점이 있나요?"

"바쁜데 친절한 답변 감사드립니다."

사무실 문을 닫은 아카드는 비릿하게 웃었다.

"콩테 과장이라. 이로서 조연까지 완벽하게 캐스팅됐으니 슬슬 움직여 볼까?"

＊　　　＊　　　＊

중소 상단 조합이 첫 대출을 받은 지 열흘 후.

"벌써 갚으십니까? 아직 대출 기한이 20일이나 남았는데……."

"거래처에서 저희 물건이 마음에 드는지 다 사 가더군
요."

"대단하십니다."

"이 모든 게 대륙은행이 도와준 덕택 아니겠습니까. 앞
으로도 잘 부탁드리겠습니다. 그리고 언제 한번……."

아카드는 다른 사람이 듣지 못하도록 대출 담당자 귀에
속삭였다. 그러자 담당자는 입이 쩍 벌어지며 함박웃음을
지었다.

"언제든지 도움이 필요하면 말씀만 하십시오."

"그래서 말인데, 대출 좀 더 받을 수 있을까요?"

"이번에도 지난번과 같이 10만 골드로 재무부에 보고할
까요?"

"좀 더 액수를 올려도 될까요?"

"얼마나?"

아카드는 손가락 세 개를 들었다.

"헉! 30만 골드나 말입니까?"

"어렵습니까?"

"일단 콩테 과장에게 문의해 보겠습니다."

"꼭 부탁드리겠습니다. 거래처에서 물량을 좀 더 늘려
달라고 하도 아우성이라."

"걱정 마십시오. 제가 콩테 과장에게 잘 이야기해 보겠습니다."

이튿날.

대륙은행 대출 담당자는 직접 재무부에 방문했다.

그러고는 콩테 과장에게 들러 중소 상단 조합이 30만 골드의 대출을 신청한다는 품의서를 내밀었다.

"열흘 만에 10만 골드를 갚았다고?"

"그렇습니다. 꽤 괜찮은 거래처를 잡은 모양입니다."

"열흘 만에 다 갚고, 또 대출을 신청했단 말이지. 뭔가 냄새가 나는데. 조합과 거래한 곳은 확인했나?"

"출입국 관리들의 이야기로는 조합의 물건은 모두 다인 왕국으로 배달된다고 하더군요."

"다인 왕국? 설마 스탠 상단인가?"

콩테 과장은 한참 동안 생각했다.

'이만한 규모의 물건을 다인 왕국에서 매입할 수 있는 상단은 몇 군데밖에 없다. 하지만 꼭 스탠 상단이라고는 할 수 없지. 일단 한 번 더 빌려주자. 확실한 물증이 필요해.'

쾅!

콩테 과장은 책상 위에 놓인 서류에 도장을 찍었다.

그러고는 대출 담당자에게 내밀며 고개를 끄덕였다.

"일단 빌려줘."

* * *

중소 상단 조합이 두 번째 대출을 받은 지 일주일 후.

"조합장님, 아직 빌려 가신 지 일주일밖에 안 지났는데요."

"혹시 너무 일찍 갚으면 안 된다는 조항이라도 있습니까?"

"아니, 그런 건 아니지만 이렇게 빨리 안 갚으셔도 되는데."

"은행에서 빌려준 돈으로 많이 벌었으면 빨리 갚아야죠."

"대출 담당만 10년째지만, 대출금을 이렇게 빨리 갚는 상단은 본 적이 없습니다. 이번에도 일이 잘되셨나 봅니다."

"5일도 안 돼서 다 팔리더군요. 이번에도 거래처한테 왜 이것밖에 안 가져왔냐고 크게 혼나고 왔습니다. 이번에는 계약금까지 주며 물건을 더 달라고 하는데 고민입니다."

아카드는 진땀을 흘리는 척하며 고개를 흔들었다.

"도대체 그쪽에서 어느 정도의 물량이 필요하다고 합니까? 천하의 중소 상단 조합의 조합장님께서 이렇게 난감해하실 정도면 보통의 물량은 아닐 것 같은데."

아카드는 손가락 다섯 개를 보이며 고개를 푹 숙였다.

"50만 골드요? 금액이 크긴 하지만, 지금까지의 신용도라면 대출받을 수 있도록 제가 힘써 보겠습니다."

대출 담당자는 자신만 믿으라는 표정으로 대답했다. 대출을 해 주고 아카드에게 받은 커미션 때문인지 의욕이 넘쳐 보였다.

"아니, 50만 골드면 제가 왜 고민하겠습니까? 그쪽에서 계약금으로 준다는 돈이 50만 골든데."

계약금이 50만 골드라는 말에 담당자의 눈이 커졌다.

보통 상단끼리 거래에서 계약금은 10%를 주는 것이 관례다. 계약금이 50만 골드면 전체 물량의 금액이 500만 골드라는 소리다.

"헉! 그건 제 힘으로 어려울 것 같습니다. 그 정도라면 그루먼 상단 정도 되어야 윗선에서 허락을 해 주기 때문에……."

대륙은행에서는 100만 골드 이상의 대출 신청은 철저하게 금지하고 있었다.

대부분의 은행 보유 자금이 그루먼 상단으로 흘러갔기 때문이다.

화폐를 그만큼 찍어 냈음에도 불구하고 대륙은행의 현금 보유량은 매번 간당간당했다.

나머지 반도 윌슨 금화가 폭락하는 바람에 타국에 판매

한 국채의 이자를 갚는 데 다 써 버렸다. 여기서 500만 골드라는 거금을 중소 상단에게 빌려줘 버리면 잔고 부족으로 은행 업무가 마비된다.

대출 담당자는 정말 죄송하다는 표정으로 허리를 숙였다.

"도움을 드리지 못해 죄송합니다."

"아닙니다. 은행 사정이 그렇다면 어쩔 수 없지요. 하아. 좋은 기횐데."

아카드가 돌아간 후, 대출 담당자는 아쉬움이 가득했다. 대출금이 크면 클수록 자신의 실적이 올라가는데, 은행의 사정 때문에 승진할 수 있는 기회를 놓친 것 같아 얼굴이 어둡다.

"너무 아쉽다."

잠시 서류를 정리한 대출 담당자는 무거운 발걸음으로 재무부로 향했다.

아쉬움과는 별개로 보고서는 올려야 하는 것이 그의 일이다.

"뭐어라! 500만 골드?"

"미치겠습니다. 그 돈만 빌려주면 올해 실적 1위는 따놓은 거나 다름없는데 말이죠."

대출 담당자는 콩테에게 푸념을 늘어놓았다. 아직까지도

그는 중소 상단 조합에 대출을 해 주지 못한 아쉬움이 남아 있는 듯했다.

"조합에서 어떤 물건들을 주력으로 구매하는지 알아보았나?"

"별거 없습니다. 구리랑 철, 그리고 약재들이 대부분이더군요."

"구리와 철?"

콩테 과장의 의심이 확신으로 변해 갔다. 다인 왕국에서 수십만 골드어치의 구리와 철이 필요한 상단이라면 스탠 상단이 확실하다고 생각했다.

"확실하지?"

"출입국 관리들에게 밥까지 사 주며 얻어 낸 정보입니다."

갑자기 콩테 과장이 일어나 옷을 주섬주섬 걸친다.

"과장님. 어디 가십니까?"

"일단 같이 나가지."

"어딜 말입니까?"

"자네 조합 건물 위치 알고 있지?"

"당연히 알지요. 제 고객인데."

"그럼 같이 가세나. 내 마지막으로 그자의 얼굴이나 봐야겠어."

콩테 과장은 대출 담당자를 끌고 지나가던 택시 하나를 서둘러 잡았다.

"약속도 없이 이렇게 쳐들어가는 법이 어디 있습니까? 저한테는 가장 큰 고객인데."

"걱정하지 마시게. 다시는 조합에서 돈 빌리러 오는 일이 없을 테니."

"그게 무슨 말씀인지."

"일단 내가 하자는 대로 하세. 자네 실적은 내가 책임지겠네."

콩테는 불안에 떠는 대출 담당자를 달랬다. 그러고는 창문을 통해 지나가는 상단 건물들을 바라보며 나지막이 중얼거렸다.

"조합 놈들, 그루먼 상단과 내가 철저히 밟아 주지. 그러기 전에 얼굴이나 구경해 볼까?"

＊　　　＊　　　＊

"조합장인 드뷔어스라고 합니다. 못 보던 분이 계십니다."

"재무부 과장인 콩테라고 합니다."

싸늘한 아카드의 눈빛에 콩테는 자신의 명함을 내밀었

다. 명함을 내미는 콩테의 표정은 평소와는 달리 매우 공손했다.

"이렇게 귀하신 분이 방문하실 줄은 몰랐습니다."

"천만의 말씀입니다. 저야말로 요즘 한창 기세가 좋은 조합장님을 만나게 돼서 영광입니다."

콩테 과장은 아카드의 기분을 맞추며 슬쩍 얼굴을 살폈다. 조합장은 자신의 칭찬에 잔뜩 고무된 얼굴이다.

'그래. 지금 실컷 좋아해라. 조금만 지나면 피눈물 흘리는 날이 올 것이다.'

콩테는 남들이 모르는 악취미가 있었다.

재무부 권력을 이용해 중소 상단을 정리하기 직전 오늘처럼 직접 찾아와 상단주를 격려했다. 그러고는 이튿날, 어김없이 정리 목록에 있는 상단을 파산시켜 버렸다.

'희망이 절규로 바뀌는 순간만큼 짜릿한 건 없지.'

콩테는 비릿하게 웃으며, 아카드의 얼굴이 절규로 바뀌는 순간을 기대했다.

"우리 사이가 이것밖에 안 됩니까? 미리 언질이라도 주시지."

아카드는 콩테를 앞에 두고 대출 담당자를 향해 고개를 돌렸다. 콩테를 볼 때와는 달리 그의 표정에는 강한 질책이 서려 있었다.

"조합장님, 기분 나쁘셨다면 사과드리겠습니다. 저희는 그저……."

은행원은 바싹 얼어붙었다.

여기서 잘못 보이면 조합장이라는 최고의 고객이 사라진 다는 위기감 때문인지 말을 잇지 못했다.

"너무 그 사람을 나무라지 마시오. 이 불황에 수십만 골드를 빌리고도 척척 갚는 분이 있다고 하기에, 제가 소개해 달라고 졸랐습니다."

"얼마 되지도 않는 금액인데 너무 저를 띄우십니다."

"수십만 골드가 얼마 되지 않는다고요? 조합장님의 배포에 제가 또 한 번 놀라는군요. 하하하."

"하하하. 별말씀을. 여기서 이럴 게 아니라 어디 조용한 데라도 가서 목이라도 축이시지요."

"저도 그러고 싶지만, 아직 근무시간이라."

아카드는 콩테에게 다가가 작은 목소리로 말했다.

"퇴근 시간에 사람 하나를 보내겠습니다. 좋은 데서 제술 한잔 받아 주시지요."

콩테의 눈이 욕망으로 번들거렸다. 그는 자신도 모르게 침을 삼키며 고개를 끄덕였다.

"그렇게 합시다."

　　　　*　　　　*　　　　*

　"확실한 정보인가요?"

　"확실합니다. 조합이 구매한 물품 대부분이 원자재들입니다. 출입국 관리들에게 직접 확인했습니다."

　콩테 과장은 조합 건물을 나오자마자 그루먼 상단으로 달려갔다.

　조합에 대해 알아낸 것들을 노스 상단주에게 서둘러 보고할 필요가 있다고 판단했다.

　"다인 왕국까지 운송은 누가 맡았죠? 그 정도의 물량이라면 스탠 상단이 직접 가지러 왔을 것 같은데."

　"피어슨 상단이라는 곳에서 다인 왕국까지 전량 배달한 것으로 보고받았습니다."

　"피어슨 공국의 어용 상단 말인가요?"

　"그렇습니다. 아마 스탠 상단이 자신의 정체를 숨기기 위해 피어슨 상단을 이용한 것으로 추측하고 있습니다."

　"확실히 의심이 가네요."

　어용 상단은 국가에서 보증하는 상단을 말한다.

　대부분의 어용 상단은 타국의 오더를 받지 않는다. 자국에만 신경 쓰기도 벅찰 정도로 업무량이 많고 바쁘기 때문이다.

그런 이유로 중소 상단 조합 뒤에는 스탠 상단이 있다고 확신했다.

피어슨 상단이 조합의 물건을 직접 다인 왕국으로 배달할 정도면 오더를 내린 고객이 보통이 아님을 의미한다.

또한 조합이 창설되자마자 기다렸다는 듯이 피어슨 상단이 운송을 맡은 것으로 보아 미리 계획된 것이라고 확신하는 듯했다.

"과장님은 중소 상단 조합 배경에 스탠 상단이 있다고 확신하시는 거군요."

"다인 왕국에 50만 골드어치의 물품을 한 번에 소화할 수 있는 상단이 존재합니까? 거기다가 물품을 납품한 지 일주일도 되지 않아 결제 대금을 완납했습니다. 그게 뭘 의미하겠습니까?"

콩테 과장은 노스 상단주를 향해 확실하게 스탠 상단이 조합의 배후라고 도장을 찍었다.

"다인 왕국 내에서 단시간에 물량을 소화할 수 있는 상단이 뒤를 봐주고 있다는 증거 아니겠습니까?"

"스탠 상단. 진정 이자들이 나랑 해 보겠다는 건가."

노스 상단주는 보고 있던 서류를 움켜쥐며 부르르 떨었다.

콩테 과장이 내민 서류에는 윌슨 국경을 빠져나간 상단

의 목록이 적혀 있었다. 거기에 목적지가 다인 왕국으로 명시되어 있는 상단은 중소 상단 조합 하나뿐이다.

국경 출입 방명록에 중소 상단 조합의 인장이 선명하게 찍혀 있었다.

'4대 상단이라고 다 똑같은 상단이 아니에요.'

노스 상단주는 스탠 상단의 느끼한 주인 데이비슨을 떠올리며 미간을 구겼다. 그녀의 표정이 점점 싸늘해졌다.

'고작 이 정도로 제가 흔들릴 거라 생각한 건가요? 그렇다면 절 너무 우습게 봤네요.'

노스 상단주도 중소 상단 조합이 수상하다고 생각했다.

중소 상단 몇 개가 합쳤을 뿐인데, 매출은 비정상적으로 급등했다. 정상적인 매출이라고 생각하기 힘들 정도다.

조합이 생겨난 뒤 노스 상단주의 계획은 전면 수정해야 했다.

중소 상단 조합의 활약이 들려올 때마다, 윌슨 왕국 상단을 통합하려는 그녀의 계획은 늦어지고 있었다.

계획대로라면 지금쯤 윌슨 상단 통합은 끝내고 유황 광산에 집중하고 있어야 했다.

'더 이상 여기에만 매달릴 순 없어. 소로스 은행장이 어떻게 나올지 몰라.'

노스 상단주는 스탠 상단과의 결전을 피하지 않기로 결

심했다. 그녀는 콩테 과장을 향해 명령을 내렸다.

"우선 함정을 파세요."

"어떻게 말입니까?"

"우리 상단에서 돈을 제공하겠다고, 500만 골드를 보름 기한으로 빌려준다고 하세요. 돈이 입금되면 과장님은 스탠 상단과 관련이 있는 모든 상단에게 조합에 물건을 팔지 말라고 하세요. 그 정도는 할 수 있죠?"

"그런 건 일도 아닙니다. 맡겨 주십시오."

콩테 과장은 자신의 가슴을 툭툭 치며 고개를 끄덕였다.

"그 다음은 잘 알겠죠?"

"조합 근처에서 기다렸다가 대출 기한이 지나자마자 저와 재무부 직원들이 곧바로 덮치겠습니다."

"믿겠어요."

노스 상단주는 드디어 칼을 뽑기로 작정했다.

"상단주님, 만약 조합 놈들이 손해를 감수하고 기한 내에 이자 비용까지 갚는다고 하면 어떻게 하실 작정입니까? 몇 번의 대형 거래로 조합이 보유하고 있는 현금이 제법 있는 것으로 아는데."

노스 상단주는 콩테 과장을 향해 미소를 지었다. 매혹적이고 아름다운 얼굴이지만 어딘지 모르게 섬뜩한 기운이 풍겨난다.

"돈을 빌려주고 난 후에, 그루먼 상단은 직원들의 사기 향상을 위해 보름간 휴가를 줄 겁니다. 무슨 말인지 아시죠?"

"아하, 어차피 돈을 가져와 봤자 받을 사람이 없으니 꼼짝없이 걸려들겠군요. 역시 대단하십니다."

＊　　　＊　　　＊

중소 상단 조합 본부.

콩테는 틈만 나면 조합장 사무실을 들락거렸다. 함정을 파기 위해서는 목표물의 신뢰가 중요하기 때문이다.

눈물겨운 콩테의 정성이 통했는지, 어느새 아카드와는 호형호제 하는 사이가 됐다.

"형님, 대단하십니다. 어떻게 그루먼 상단을 통해 500만 골드를 빌릴 생각을 하셨습니까?"

"공직 생활만 20년이네. 월슨 왕국에 내 인맥이 미치지 않는 곳이 있을 것 같은가?"

"그럼 형님만 믿고 바로 진행하겠습니다."

아카드가 일어서자, 콩테가 손목을 잡았다.

"사람 참 성질 급하기는. 아직 이야기가 끝나지 않았네."

"말씀하십시오."

아카드는 슬그머니 자리에 앉았다.

콩테는 살짝 그의 눈을 피하며 미안한 표정으로 말을 꺼냈다.

"저쪽에서 담보를 원하네."

아이처럼 좋아하던 아카드의 표정이 찌푸려졌다. 그는 심드렁한 표정으로 깍지를 끼며 말했다.

"담보가 필요합니까?"

"저쪽에서 500만을 빌려주는 조건으로 담보를 요구하더군. 한두 푼도 아니고 자그마치 500만 골드일세. 내 월급이 500골드일세. 만 개월 동안 한 푼도 쓰지 않고 모아야 할 정도의 금액이란 말일세. 엄청난 금액을 빌려주면서 담보를 요구하는 건 당연한 것 아니겠나?"

"조합의 실적도 충분하고, 수출 대금이 꼬박꼬박 들어오는 것도 확인하지 않으셨습니까?"

"나야 당연히 알지. 하지만 돈 빌려주는 사람 입장은 다르지 않나. 당연히 위험을 고려할 수밖에 없지."

"좋습니다. 마음 같아서는 자존심 상해서 다 때려치우고 싶지만, 형님 체면을 생각하지 않을 수 없네요. 조합에 가입된 상단주들이 오해하지 않도록 잘 이야기해 놓겠습니다."

"잘 생각했네. 아마 이번 일만 잘 풀리면 자네는 대륙에서 소문난 거부가 될 것이야. 이 형만 믿게."

"알겠습니다. 일주일만 시간을 주시지요. 그 안에 상단주들을 설득해 놓겠습니다."

"그리고 지금 시점에 이런 말하긴 그렇지만, 자네 때문에 재무부 일도 뒷전으로 하고 얼마나 뛰어다녔는지 아는가?"

콩테는 슬그머니 자신의 수고를 늘어놓았다. 한 마디로 고생을 했으니 수고비라도 달라는 소리다.

"아, 제가 말씀드리지 않았나 보군요. 10%의 커미션이면 섭섭하지 않으시겠죠?"

"헉! 10%라면 50만 골드를 나에게 준단 말인가?"

"네. 현금이 들어오면 바로 드리지요. 공무원이라 의심받을 수 있으니 현금보다는 윌슨 왕국 무기명 채권으로 드리면 되겠지요?"

"고맙네! 아우 하나 잘 둔 덕에 노후 걱정하지 않아도 되겠어."

콩테 과장은 갑자기 아카드의 손을 잡으며 몇 번이나 고개를 숙였다. 그의 심장은 태어나서 이보다 더 빨리 뛴 적이 있나 싶을 정도였다.

"당연히 이 정도는 챙겨드려야죠."

"자네가 통 큰 줄은 진즉에 알고 있었네만, 역시 대륙 최고의 거부가 될 큰 인물이야."

"별말씀을."

두 사람은 서로에게 덕담을 주고받으며 오랫동안 악수를 나눴다.

그러나 웃음 속에는 각각 다른 속내가 숨겨져 있었다.

*   *   *

드디어 그루먼 상단에서 대출금이 들어왔다.

친절하게도 현금이 아니라 모두 월슨 왕국에서 발행한 무기명 채권으로 보내왔다.

만약 금화로 보냈으면 옮기는 데에도 마차 몇십 대는 동원해야 했을 것이다.

콩테에게 무기명 채권이 들어 있는 가방을 건네받은 후, 아카드는 차용증에 서명을 했다. 이자 20%에 원금까지 보름 안으로 다 갚는다는 조건이다.

콩테에게 약속한 커미션을 지불한 후, 아카드는 평소보다 일찍 퇴근했다.

모든 그림이 완성된 이상 이제는 터트릴 일만 남았기 때문에 조합에 있을 이유가 없었다.

지금부터는 무사히 금융 사기에 참여했던 관련자들과 수익을 배분하는 일만 남았다.

아카드가 여관에 도착했을 때, 이미 연락을 받은 조합에 가입된 상단주들이 기다리고 있었다.

에레나는 아카드의 모습을 보자마자 아래층으로 내려가 간단히 다과를 가져와 내려놓고는 옆방으로 건너갔다. 자신이 있을 자리가 아니라고 생각했는지 조용히 빠져나갔다.

"그동안 참고 기다리느라 고생 많았습니다."

"저희가 한 일이 있나요? 전부 검은 상…… 아니 조합장님이 다 하신거지요."

"제가 한 일이라고는 조합 건물 청소한 것밖에 없습니다."

조합의 결성에 가장 적극적으로 협력했던 카바우 상회의 모하지 상단주를 비롯해 다른 상단주들의 얼굴에는 기대감이 잔뜩 서려 있었다.

평소 자신들을 무시하고 괴롭혔던 그루먼 상단과 대륙은행에게 복수할 기회가 눈앞에 왔으니, 이보다 더 짜릿할 순 없었다.

작은 여관방에 모인 상단주들이 주먹을 불끈 쥐고 상기된 표정으로 아카드만 바라보고 있었다.

"지금부터 제 이야기를 잘 들으십시오."

"말씀하십시오."

"오늘부터 상단끼리 순서를 정해 보름 안에 모두 월슨 왕국을 떠나야 합니다. 물론 각 상단의 직원들과 가족들까지 모두 다."

아카드는 침대 아래로 손을 뻗어 검은 가방 하나를 올렸다. 가방에는 각 나라의 채권이 가득 들어 있었다.

"이건 무기명 채권 아닙니까?"

"맞습니다. 이 정도면 여러분이 정착하는 데 부족함이 없을 겁니다. 나머지 금액은 여러분이 정착한 곳으로 직접 보내드리겠습니다."

"이것만으로도 고맙습니다. 어차피 그루먼 상단에게 똥값에 넘겨야 했는데요, 뭐."

상단주들은 맥주 한 잔을 마신 후 집으로 돌아갔다.

"아깝지 않아요? 고생은 혼자 하고 얻은 건 전부 나눠 줬잖아요."

옆방에서 에레나가 다가와 아카드의 어깨를 감쌌다.

"정말 그렇게 생각해? 내가 다 퍼 줬다고?"

"아니에요? 설마 일부를 떼어다가 몰래 숨겨두고 온 거예요? 그런 남자면 나 좀 실망할 것 같은데."

아카드는 그런 에레나의 어깨를 다독이며 어깨를 들썩였

다. 뭔가 재미난 상상을 하는 듯했다.

"조금만 기다려. 저깟 돈이랑은 비교할 수 없는 것들이
들어올 테니까."

그날이 점점 가까워지고 있었다.

Chapter 9.

움직이는 주연들

　노틸러스 제국의 수도 그라프.

　윌슨 왕국 상인 하나가 제국은행 앞에 서서 건물을 올려다보다가 기가 팍 죽었다.

　'과연 내 말을 믿어 줄까? 아니, 만나 주기라도 할까?'

　대륙은행에 대출을 신청하려다가 쫓겨난 경험이 있어서인지 은행 문턱을 넘는다는 것이 쉽지 않았다.

　분명히 폐업했다가 연 지 얼마 안 됐다고 들었는데 창구에 사람들이 꽉 찼다. 윌슨 왕국에 있는 대륙은행과는 달리 예금하거나 빌리려는 고객들로 북새통을 이루고 있었다.

　대륙은행에서는 이름난 명사가 아니면 죽을 때까지 만나

볼 수 없는 사람이 은행장이다.

급하게 제국으로 밀입국하느라 꼴이 말이 아니었지만 시민들의 발걸음을 보니 용기가 났는지 상인은 계단 위를 성큼성큼 올라갔다.

'제발 만나 줘야 하는데. 안 그러면 조합장님이 위험해진다고 했는데.'

저 멀리 안내하는 데스크가 보였다.

상인은 눈을 질끈 감고 은행장을 만나야 한다고 소리쳤다.

'어라? 지금쯤 되면 날 끌어내리려고 기사들이 와야 정상인데?'

눈을 살포시 뜨자 그의 눈에 보이는 것이라고는 웃고 있는 안내 아가씨의 얼굴뿐이었다.

"고객님, 여기에 이름과 오신 목적을 써 주세요. 그리고 저기에 있는 번호표를 뽑고 대기하시면 심사부에서 연락이 갈 거예요."

"정말요? 나 안 잡아가고 만나 주신다는 거죠?"

"그렇습니다. 고객님."

윌슨에서 온 상인은 눈을 끔벅끔벅거리며 지시를 따라 번호표를 뽑고 자리에 앉았다. 그는 번호표를 소중히 붙잡고 누구에게도 뺏기지 않으리라 다짐했다.

"조합장님이 반드시 은행장을 만나서 전하라고 했어. 은행장을 못 만나면 끝장이야."

번호표를 잡은 상인의 손에 힘이 잔뜩 들어갔다.

✻　　　✻　　　✻

얼마 전까지만 해도 시민들에게 원망의 상징이던 제국은행이 점점 변하고 있었다.

토마스가 은행장으로 취임하면서 귀족과 상단 중심으로 이루어지던 저금리 대출을 시민들에게 집중시켰다.

동시에 귀족들과 상단에 대해서는 감찰을 철저하게 실시했다. 대출이 올바르게 쓰이고는 있는지, 개인이 사적으로 악용하는 건 아닌지 전담팀을 두어 감시하도록 했다.

또한 소외 계층을 대상으로 우대금리를 지급했다. 과거에는 중앙 귀족이나 거대 상단만의 특권이었던 것을 하층민들에게 제공했다.

거기서 멈추지 않았다.

토마스는 획기적인 발표 하나를 했다.

은행에 와서 억울한 일을 당한 고객에 한해서는 자신이 직접 만나 주겠다고 한 것이다.

한마디로 은행장이 고객의 편에 서서 은행의 부조리를

직접 감시하겠다는 선언이다.

처음에는 설마 그럴까 싶었지만 시민들에게 항의를 가장 많이 받은 간부와 직원들이 해고를 당하자, 은행원들의 태도도 바뀌기 시작했다.

거기에다가 고객이 직원을 평가하는 제도까지 도입하면서 시민들에게 고압적인 태도를 보이는 은행원은 찾아볼 수가 없었다.

'은행 노릇을 제대로나 할 수 있을까?'

처음에는 생색내기라며 은행에 대해 극도의 불신감을 보였지만, 손수 바꾸어 가는 모습에 시민들도 점차 마음을 열었다.

은행이 스스로 나서 자구책을 마련하면서, 건전한 성장과 공정한 분배가 이루어지는 선순환 구조로 바뀌기 시작했다.

바야흐로 제국의 유명인 목록에 제국은행장 토마스의 이름이 최상단에 놓이게 된 것이다.

"으하하하하. 역시 야설은 혼자 봐야 제맛이지."

하지만 아카드의 우려대로 토마스는 얼마 전 구입한 야설을 펼쳤다. 의자를 젖히고 다리를 책상 위에 올려놓으니 천국이 따로 없다는 표정이다.

"캬. 그림 좋고요, 문체 죽이고요."

아카드가 제국에 있을 때만 해도 어느 정도 야설에 대한 자제력이 있었지만, 지금은 토마스의 행동을 막을 자가 아무도 없⋯⋯을까?

'쾅!' 하는 소리와 함께 은행장실 문이 거칠게 열렸다.

"누구야!"

토마스는 절정의 순간을 방해받은 탓인지 거친 목소리로 소리를 질렀다. 지분 싸움에서 밀려 버린 황제도 함부로 하지 못하는 사람이 은행장이다.

황제라도 먹고 싸야 하는 인간인 이상 돈이 필요할 수밖에 없기에 신임 은행장 토마스의 눈치를 살폈다. 최고의 실권자로 부상한 토마스의 공간을 침범한 사람은 놀랍게도 초록색 머리카락의 아가씨다.

"자기야, 뭐해?"

"헙!"

어떤 남자가 보더라도 매력적인 얼굴과 목소리를 지닌 아가씨가 왔는데, 토마스는 땀을 삐질삐질 흘렸다. 동시에 그의 손은 바쁘게 움직이기 시작했다.

"벌써 수업 끝난 거야?"

토마스는 오른손으로 터프하게 땀을 털어냈다. 그러고는 안색을 싹 바꾸어 미소가 한가득 담긴 얼굴로 아가씨를 반겼다.

제국의 실세 중 한 명으로 부상한 남자를 휘어잡은 운이 억세게 좋은 아가씨는 피오라다.

과거 A&M 투자 상단 시절 상단주와 인턴 관계로 만난 두 사람은 술이라는 공통 취미를 계기로 급속도로 친해졌다.

그러다가 토마스가 은행장으로 취임하면서 피오라는 은행장 임시 비서가 되었다. 상단의 여식으로 태어나 똑 부러지지는 성격을 가진 그녀를 눈여겨본 토마스가 자신을 보좌할 인물로 선택했다.

한 공간에서 지내며 술이라는 취미까지 공유하고 있으니 두 사람의 관계가 더 가까워졌을 것이라는 예상은 당연한 것이다.

두 사람은 매번 퇴근한 후 작은 주점에서 술자리를 가지며 그날의 피로를 풀었고, 온갖 비밀도 털어놓는 사이로 발전했다.

그러다가 묘한 분위기에 휩쓸린 상황에서 술기운에 취한 토마스가 얼떨결에 고백을 하게 되면서 두 사람은 공식적인 연인 관계가 되었다.

'망할! 그놈의 술이 문제지.'

고백을 하는 것까지는 좋았다.

솔로를 탈출하는 것까지는 좋았지만, 유일한 낙이었던

야설을 포기해야 했다. 전에 한번 들켰다가 피오라에게 신나게 두들겨 맞은 기억이 떠올랐다.

"무슨 일이야?"

"설마 또 몰래 야설 본 건 아니겠지? 이번에 걸리면 진짜 죽는다!"

"날 어떻게 보고."

토마스는 가슴이 철렁했지만, 이왕지사 이렇게 된 거 잡아떼는 수밖에 없다.

"솔직하게 말해. 자수하면 정상참작 해 줄게."

피오라가 누군가?

제국 아카데미에서 남자 킬러로 명성을 날린 여학생 중하나다. 즉, 남자의 표정만 보면 진위를 금방 알아챌 수 있다는 말이다.

순진한 토마스를 다루는 건 피오라에게 상단 운영하는 것보다 쉬운 일이다. 그가 살짝 움찔한 순간 이미 들킨 거나 다름없다.

"인간아! 나이가 몇 살인데 아직까지 야설이나 볼래. 은행장으로서 부끄럽지도 않아."

10분이라는 긴 시간 동안 잔소리를 듣고 나서야 토마스는 풀려날 수 있었다.

"당신 찾는 손님 때문에 그냥 넘어가는 줄 알아. 알겠어?"

"손님이 찾아왔어?"

"어. 윌슨 왕국에서 왔대. 얼른 나가 봐."

"드디어 때가 된 건가?"

토마스는 비장한 표정으로 의자에서 일어났다.

방금 전까지의 장난스러움은 사라지고 문밖으로 나가는 그의 표정에는 비장함이 가득했다.

"이번 일로 대륙의 지도가 바뀌겠군."

*　　　*　　　*

야심한 새벽.

윌슨에서 온 상인과 헤어지자마자 토마스는 사람을 보내 황제와 면담을 신청했다. 워낙 보안을 요하는 일이기에 은밀한 만남은 새벽에야 이루어졌다.

시종장의 안내를 받아 황실 안쪽 밀실에 들어가니 의외의 인물 하나가 더 있었다.

"오. 은행장 왔는가?"

"그동안 평안하셨습니까? 그런데 초대하지 않은 분이 계시는군요."

토마스는 껄끄러운 표정으로 제일 상대하기 싫은 인물을

노려보며 자리에 앉았다.

"전쟁이 일어날 수 있다고 해서 클라우스 공작도 불렀네. 원로원 의장도 알아야 하지 않겠나?"

"그렇기는 합니다만 사전에 언급이 없으셔서."

금색의 머리카락을 가진 사내의 정체는 최고의 가문을 배경으로 원로원 의장이 된 루시르 폰 클라우스.

제국은행장의 자리에 올라 새로운 실세가 된 토마스가 맞은편에 앉았음에도 여전히 눈을 감고 있었다. 잠시 후 열리지 않을 것 같은 그의 입이 천천히 벌어졌다.

"내가 와서 기분 나쁜가?"

"그렇다고 썩 기분 좋지는 않고……요."

루시르의 반말에 토마스의 인상이 찌푸려졌다. 성질 같아서는 자신도 반말을 하고 싶지만, 아카데미 학번이 깡패라 존칭은 붙여 주었다.

"기분 나쁘면 내 여동생을 납치한 아카드를 데려와서 빌게 하든가."

"그게 왜 마스터 책임입니까? 여동생 하나 간수하지 못한 공작의 허술함을 탓해야지. 제국 최고의 기사단을 보유하고 있으면 뭐해. 여자 하나 도망치는 것도 막지 못하는데. 쯧쯧."

"겁이 없군. 이 자리에서 목 달아나는 꼴을 보고 싶나?"

두 사람의 험악한 말에 황제가 '쾅!' 하며 탁자를 쳤다.

"여기가 너희들 놀이터야! 싸우고 싶으면 나가서 싸워."

황제의 호통에 두 사람은 잠깐의 휴전을 선언했다. 하지만 냉랭한 분위기는 쉽게 바뀌지 않았다.

"은행장, 도대체 무슨 일인가? 전쟁을 대비해야 하다니?"

"아무래도 군사를 준비해 주셔야 할 것 같습니다."

토마스는 심각한 표정으로 아카드가 보낸 편지 내용을 간추려서 설명했다. 설명이 이어질수록 황제는 물론이고 포커페이스로 유명한 루시르까지 이마에 땀방울이 맺혔다.

"망할 모건 놈의 자식 놈! 두 부자 놈들을 제국으로 끌어들인 게 내 평생 가장 큰 실수야!"

황제는 한 팔로 이마를 짚으며 루시르를 향해 고개를 돌렸다.

"공작 생각을 말해 봐. 제국의 미래를 위해 어떻게 행동하는 게 좋을 것 같아?"

황제는 제국의 미래라는 말을 강조하며 의견을 물었다. 토마스의 말을 들어 보니 보통 일이 아니다. 자그마치 윌슨 왕국을 쑥대밭으로 만들 계획이다.

윌슨 왕국이 몰락하는 건 노틸러스 제국 입장에서도 환영할 일이지만, 계획에 조금이라도 차질이 생기면 제2의 대륙 전쟁도 각오해야 할 정도다.

대륙 전쟁과 윌슨 왕자 피살 사건이 아물기도 전에 군사를 일으켜야 한다는 부담감 때문인지, 황제는 군사 요청에 쉽게 결정을 내리지 못했다.

"당연히 군사를 일으켜야 합니다."

"이유는?"

황제는 의외라는 표정이다.

황제가 루시르를 초대한 이유는 최근 급부상하고 있는 은행장을 견제하기 위해서다. 그런데 루시르가 쉽게 수긍을 하자 이유를 물었다.

"자칫하면 제국의 소중한 인재 하나가 위험에 처할 수도 있습니다."

황제는 벌떡 일어나더니 있는 힘껏 고함을 질렀다.

"지금 도망친 여동생을 구하기 위해 군사를 일으켜야 한다는 거야? 네놈이 그러고도 원로원 의장 자격이 있어?"

황제의 고함에도 루시르는 표정 하나 변하지 않고 뻔뻔함을 유지했다.

"제 여동생도 제국 국민입니다. 당연히 국민을 보호하는 것이 제국의 의무 아니겠습니까. 폐하."

"와, 사방에 믿을 놈 하나 없네. 백작이라는 놈은 남의 나라 가서 범죄를 저지르지 않나, 공작이라는 놈은 여동생

구하려고 군사를 일으켜야 한다고 하지 않나."

토마스는 황제와 루시르를 번갈아 보며 음흉한 미소를 지었다. 이 모든 상황을 예상했다는 표정이다.

'역시 마스터는 대단해.'

토마스는 모든 것을 지시하던 아카드의 음성이 생생하게 떠올랐다.

'네놈을 견제하기 위해 황제가 루시르를 부를 거야. 황제는 루시르가 반대해 주길 원하지만 무조건 찬성할 거야. 루시르 그놈은 여동생 바보거든.'

아침 해가 뜨자마자 황제의 명을 받은 기사 하나가 말을 타고 국경수비대를 향해 달렸다. 기사의 품에는 황제의 밀명이 담긴 편지 하나가 소중하게 간직되어 있었다.

＊　　　＊　　　＊

그 시각.

다인 왕국에서 가장 잘나가는 상단주 하나가 윌슨 왕국으로 비밀리에 국경을 통과했다. 금융 사기의 모든 키를 쥔 이 남자는 설레는 마음으로 아카드가 묵고 있는 여관으로 향하고 있었다.

"마스터가 신약 제조법을 알아냈다고? 도대체 뭘까? 궁금해 미치겠네."

사내는 호기심 때문인지 걸어가는 발걸음이 점점 빨라졌다.

Chapter 10.

사상 최악의 금융 사기

　달이 구름에 덮여 온 세상이 암흑으로 가려진 야심한 밤.

　다인 왕국 상계의 신성으로 불리는 사내가 수행원 하나 없이 윌슨 왕국 국경을 지나갔다.

　사내의 이름은 윌 크로우 2세.

　다인 왕국에서 가장 잘나간다는 크로우 상단의 주인이다. 그는 아카드의 자금과 나르스 영지에서만 생산되는 만드라고라를 이용해 '바이그라' 라는 정력제를 다인 왕국에 출시했다.

　처음에 시장에 나왔을 때만 해도 사람들은 이름도 없는 상단의 제품에 반신반의했지만, 지금은 주문 폭주로 행복한 비명을 지르고 있었다.

거기에 '과하게 복용하지만 않으면 건강에는 이상 없다.'라는 교회의 인증까지 받았으니, 교권이 강한 다인 왕국에서 이보다 더 큰 광고는 없었다.

유래가 없는 폭풍 성장에 교회와의 친분이 더해지면서 다인 왕국 내에서는 가장 크게 이름을 떨치고 있었다.

다른 나라에서는 모르겠지만, 다인 왕국 내에서만큼은 4대 상단 중 하나인 스탠 상단보다 더 높은 인지도를 구가하며 끝없이 성장하고 있는 중이다.

다인 왕국에서 가장 바쁜 그가 윌슨 왕국에 방문한 이유는 자신의 마스터이자 크로우 상단의 실질적 소유주인 아카드의 부름을 받아서다.

"에레나 아가씨는 더 아름다워지신 것 같습니다."

"호호. 앉으세요. 먼 길 오시느라 고생하셨을 텐데, 따뜻한 차라도 가져올게요."

"감사합니다."

에레나가 발그레한 얼굴로 밖으로 나가자마자 윌 크로우 2세는 아카드를 향해 허리를 숙였다.

"마스터의 말씀대로 준비했습니다."

"뭐 대단한 거 시켰다고 직접 왔어? 바쁠 텐데."

"교황과의 일도 상의드릴 겸 해서요."

윌 크로우 2세는 아카드의 얼굴을 보며 과거를 떠올렸다.

1년 전까지만 해도 윌은 아카드 모르게 가슴속에 칼을 갈았다. 부친을 죽게 만든 원수로 생각하고 틈만 보이면 죽이리라 마음먹었다.

하지만 시간이 지날수록 아카드에 대한 미움은 많이 희석된 상태다. 솔직하게 말하자면 미운 감정은 사라진 지 오래다.

오히려 지금은 누구보다 아카드를 존경하고 있었다.

4대 상단의 후계자로 태어나 수많은 거상들을 봐 왔지만 아카드와 비교할 수 있는 인물은 단연코 없었다.

딱 한 명.

'소로스 은행장이라면 아카드와 비견되지 않을까.'

윌 크로우 2세는 이런 생각을 했지만 고개를 저었다.

소로스는 엄밀히 말하면 상인이 아니다. 상인 기질을 가지고 있지만, 분류하자면 정치인에 가까웠다.

하지만 아카드는 다르다.

아직까지도 귀족이라는 명예보다 상인이라는 직업에 더 애착을 가지고 있었다. 생각하는 사고방식도 명분이 아니라 효율성을 더 중요시했다.

거기다가 지금까지 상인들에게서 볼 수 없었던 혁신적인

생각까지 지니고 있으니, 어떻게 보면 오랫동안 고여 있던 4대 상단이 무너지는 것도 당연하다고 생각했다.

'이런 자에게 왜 싸움을 거셨습니까?'

마스터에게 상인의 방식대로 싸움을 시작한 아버지가 불쌍하다고 여겼다.

월 크로우 2세는 확신했다.

앞으로의 모든 상계는 이 사내를 중심으로 움직일 거라고.

그리고 결심했다.

훗날 아카드의 업적이 하늘을 찌를 때, 그를 도운 협력자로 자신의 이름을 새길 거라고.

"아, 맞다. 교황은 약속 펑크 냈다고 화 안 내?"

"보통 화가 난 게 아닙니다. 결국 교회 하나 지어 주기로 약속하고 화 풀기로 했습니다."

"결국 그게 목적이었군. 성직자라고 해서 다를 게 없군. 장사는 어때?"

"하루가 다르게 주문이 늘고 있는 상황입니다. 특히 나이 든 귀족들은 더 달라고 아우성입니다."

"성욕과 식욕은 죽을 때까지 버릴 수 없는 욕망이지. 그건 그렇고 가져오라고 한 건 가져왔나?"

월 크로우 2세는 가방에서 뭔가를 꺼냈다. 그가 내민 것은 제국은행 비밀 금고에서 발견한 윌슨 국채다.

"지금 써도 안전하겠습니까? 소로스 은행장 귀에 바로 들어갈 텐데요."

"내가 쓸 것도 아닌데 뭐."

"그럼 누가……?"

"제국은행에서 버릇없이 날뛰는 놈."

"하하하. 토마스가 마무리하는 겁니까?"

윌 크로우 2세는 경쟁자의 불행에 박수를 보냈다.

"부탁 하나만 하지."

"마스터. 부탁이 아니라 명령을 내려 주십시오."

윌 크로우 2세의 말에 아카드는 피식 웃었다.

하지만 비웃음이 아니다. 고맙다는 말 대신 그가 수하들에게 보여 주는 최고의 칭찬이었다.

"조만간 여기 일이 끝나면 바로 넘어갈 거야."

"드디어 때가 되었군요."

윌 크로우 2세는 약간의 아쉬운 표정을 지었다.

그루먼 상단과 대륙은행이 무너지는 것을 지켜봐야 하는데, 내일 당장 돌아가야 하는 것을 아쉬워하는 표정이다.

"한 군데 들렀다가 다인 왕국으로 넘어갈 거야. 그러니까 교황과의 자리 주선 한 번 더 해 봐."

"당장 말입니까? 그건 좀 곤란합니다."

월 크로우 2세는 난감한 표정을 지었다.

자고로 최고 권력자의 자존심은 하늘을 찌른다.

하물며 신의 대리인으로 교회 신자라면 죽음까지 불사할 정도의 단체 수장이라면 더 말할 것도 없다.

교황에게 사과의 의미로 거액의 기부금과 교회 건축을 약속했지만 아카드에 대한 분이 풀린 것은 아니었다.

아카드에 대한 판단을 잠시 보류한 상태다.

이런 상황에서 월 크로우 2세가 아카드와의 만남을 한 번 더 주선할 경우, 크로우 상단이 다인 왕국에서 힘들게 쌓아 놓은 기반이 모래성처럼 무너질 수도 있다.

"교황이 대머리라고 했지?"

"그건 왜 갑자기 물으십니까?"

뜬금없는 아카드의 질문에 월 크로우 2세는 눈이 동그래졌다. 그런 그에게 아카드가 두루마리 하나를 던졌다.

"이게 뭡니까?"

"미안해. 미리 사과할게."

"그게 무슨 말씀이신지."

월 크로우 2세는 책상 위의 두루마리를 살펴보다가 뒤로 넘어갈 뻔했다. 두루마리에 적혀 있는 제조법은 놀랄 정도가 아니라 혁명에 가까웠다.

"대머리 치료제……."

아카드는 거품을 물며 두루마리에 빠져 있는 윌 크로우 2세를 향해 못을 박았다.

"이미 대머리 치료제에 필요한 약재를 다인 왕국으로 보냈어. 그러니까 너는 당분간 열심히 제조하기만 하면 돼."

"도대체 얼마치 재료를 보내셨기에 당분간이라는 단어를 쓰십니까?"

"예리한 놈. 토마스와는 달리 넌 너무 재미없어."

"칭찬으로 듣겠습니다."

가끔 허술한 모습을 보이는 토마스와는 달리, 4대 상단 후계자로 자라서인지 윌 크로우 2세는 매사에 꼼꼼하다.

"500만 골드어치."

"농담이시죠? 그러면 상단에게 받은 돈 전부 상단주들한테 돌려줬다면서요."

"네가 가져온 거 있잖아. 그걸로 갚으면 돼."

아카드는 윌 크로우 2세가 들고 온 가방을 흔들며 살랑살랑 웃음을 지었다.

"마스터, 여행을 오래하시더니 유머가 많이 느신 것 같습니다."

윌 크로우 2세는 현실을 부정했다.

500만 골드라면 평생 다인 왕국에서 약만 팔다가 죽어야 할 팔자다. 아카드 옆에서 이름을 날리고 싶은 윌 크로우 2

세에게는 최악의 경우다.

"금방 다 팔릴 거야. 너무 걱정하지 마."

"마스터, 너무하십니다."

그렇게 아카드와 이런저런 얘기를 나누던 월은 두 시간 후 왔던 길을 되돌아갔다.

배웅하고 돌아가는 길에 하늘을 올려 본 아카드의 입에서 차갑고도 무서운 음성이 흘러나왔다.

"드디어, 내일인가?"

그리고 이튿날.

중소 상단 조합이 부도났다.

*　　　*　　　*

쾅!

그루먼 상단의 주인 노스 상단주가 책상을 내려쳤다. 대륙 최고의 거상으로 거듭나려던 그녀에게는 날벼락 같은 소식이었다.

"뭐! 조합이 어쩌고 어째요? 다시 말해 봐요."

"조합이 부도가 났습니다."

"아하하……."

"상단주님!"

주변에 있던 직원들이 뒤로 넘어가는 그녀의 몸을 부축했다. 그녀는 책상에 의지해 비틀거리며 겨우 버텼다.

"설명해 보세요. 그게 무슨 말인가요?"

"법무부에서 압류 공문서를 받아 조합에 갔을 때는 아무도 없었습니다. 사무실은 텅 비어 있고, 사람을 풀어 수소문해 보았으나 아무도 연락이 안 됩니다."

중소 상단 조합에게 500만 골드라는 거금을 지급했던 그루먼 상단은 대출 마감 시한이 지나자마자 직원들을 보내 압류하도록 지시했다.

하지만 1시간이 채 되기도 전에 조합에 보냈던 직원들이 상단주가 있는 방으로 되돌아왔다.

"지…… 지금 조합이 계획적으로 도산했다는 건가요?"

"아무래도 느낌이 좋지 않습니다."

"조합이 사용하고 있는 물류 창고는 조사해 봤어요?"

"물류 담당자 말이 일주일 전에 창고에 있는 물건 모두를 싹 비웠다고 합니다."

"일단 재무부에 연락해서 콩테 과장보고 오라고 전하세요. 얼른."

노스 상단주는 입술에서 피가 흐를 정도로 잘근잘근 씹었다. 일단 그녀가 생각한 시나리오가 어긋났다.

원래라면 조합장이 와서 조금만 시간을 달라고 빌고 있어야 정상적인 상황이다.

　　그런데 조합장은 물론 조합에 가입된 상단까지 텅 비었다는 보고에 노스 상단주는 뭔가 불길한 예감이 들기 시작했다.

　　"좋지 않아. 좋지 않아."

　　노스 상단주는 자신의 동생이자 상단의 무력을 담당하는 부상단주를 불렀다.

　　"누님, 부르셨습니까?"

　　"당장 법원으로 달려가 중소 상단 조합의 명의를 우리 상단으로 바꾸고, 조합 명의로 되어 있는 부동산을 압수해. 그리고 조합과 거래하는 상인들을 찾아서 깔아 놓은 물건의 양이 얼마인지 조사해."

　　"지금 바로 집행하겠습니다."

　　"소문나지 않게 조용히 움직여. 우리 상단에서 조합에게 돈 빌려줬다는 소문이 은행장 귀에 들어가면 안 돼!"

　　노스 상단주는 동생이 나가자마자 의자에 쓰러졌다. 바르르 떨고 있는 그녀의 얼굴은 백지처럼 하얘졌다.

　　"안 돼! 이럴 수는 없어!"

＊　　　＊　　　＊

이튿날.

갑자기 윌슨 왕국 수도 리하드에 소문이 돌기 시작했다.

"그루먼 상단에 현금이 다 떨어졌다는데?"

"에이, 이 사람이 농담이 심하네. 그루먼 상단이 얼마나 큰 곳인데 현금이 없다는 게 말이 돼?"

"완전 깜깜무소식이구만. 어이, 이보시오. 그루먼 상단에 철을 납품하는 대장장이 마크 알지?"

"잘 알지."

"지금 며칠째 결제를 안 해 줘서 직원들 월급도 못 준다고 하더군."

"진짜야?!"

상인이 놀랍다는 듯이 큰 소리를 질렀다.

그 소리에 지나가던 사람들이 두 사람에게 슬쩍 눈길을 주었다.

"대금의 일부도 주지 않았단 말인가?"

"당분간 현금 결제는 없을 거라고 하네. 어음으로 처리한다더군. 아무래도 조짐이 이상해."

처음 말을 꺼낸 상인은 사람들이 모이기 시작하자 언성을 높였다.

"에이, 아무리 그래도 4대 상단인데 망하기야 하겠나?

일시적인 현상이겠지."

"자네도 알지 않는가? 얼마 전에 4대 상단 중 두 개가 망했다는 것을 말이야."

"그, 그렇다면……."

"그러면 상단도 현금이 없는 것이 분명해. 그러니까 수십 년간 거래한 마크에게 결제를 거부한 것이지."

"보름 전 그루먼 상단에서 내 물건도 가져갔는데, 그렇게 되면 내 돈은?"

"자네도 받아야 할 돈이 있는가?"

"그, 그래. 5천 골드 받아야 한다고."

"그럼 여기서 뭐하는 건가. 당장 뛰어가서 돈 달라고 해. 늦으면 5천 골드는 죽어도 못 받아."

"안 돼…… 내 도, 오……온!"

상인은 갑자기 그루먼 상단을 향해 뛰어갔다. 다른 상인들도 그 모습을 봤는지 소문을 낸 자에게 다가왔다.

"그루먼 상단이 돈 없다는 게 사실이오?"

"진짜 그루먼 상단이 한 푼도 없단 말이오?"

소문을 처음 퍼트린 자는 상인들의 질문에 눈살을 찌푸리며 크게 소리쳤다.

"이 사람들이 속고만 살았나. 내 말 못 믿겠으면 그루먼 상단에 가 보시오. 지금 돈 받으려고 난리 났소이다."

우르르.

상인들이 갑자기 그루먼 상단을 향해 뛰기 시작했다. 처음에는 소수였지만 갈수록 거대한 무리가 되어 그루먼 상단을 향하고 있었다.

그날 밤. 리하드의 밤거리에 이런 소문 하나가 떠돌았다.

그루먼 상단이 망했다!

그리고 이틀 후.

그루먼 상단의 주인 노스는 자신의 거처에서 망연자실한 표정으로 서 있었다.

먼지 하나도 용서하지 않았던 그녀의 방은 난장판이다.

바닥에는 온갖 물건들과 엎어진 의자들이 뒹굴었고, 사방에 법무성에서 압류한다는 내용이 적힌 빨간 딱지가 붙어 있었다.

"마…… 망했어……."

노스는 넋이 나간 얼굴로 중얼거렸다.

이미 상단 직원들은 도망쳤고, 자신을 지켜주던 남동생까지 없다는 사실에 머릿속이 하얗게 변했다.

4대 상단주들 중 가장 차분하고 명석하다는 평가를 받던 머릿속에는 아무런 생각도 떠오르지 않았다.

"여기다."

"이 방에 노스 상단주가 있는 것이 분명해."

밖에서 사람들의 고함 소리와 함께 굳게 잠가 두었던 문이 부서졌다. 곧바로 방 안으로 사람들이 우르르 난입해 들어왔다.

"저년이 상단주지?"

"맞아. 양심은 있는지 용케 남아 있었네."

상인들 몇 명이 넋 나간 채로 서 있는 노스에게 다가가 멱살을 잡았다. 그녀는 자신의 멱살을 쥐어 흔드는 상인의 손놀림에 따라 몸이 흔들렸다.

"내 돈 내놔. 내놓으라고!"

"그 돈 없으면 우리 가족이 굶어 죽어. 당장 내놔!"

사람들은 그녀에게 달려들었지만, 정작 본인은 아무 말도 할 수 없었다.

이미 비밀 금고의 돈은 동생이 훔쳐서 달아났고, 무기를 만들기 위해 창고에 쌓아 뒀던 재료들도 직원들과 하청 상단 사람들이 모두 가져가 버렸다.

"저, 전 아무것도……."

노스 상단주가 말을 끝내기도 전에 '퍽!' 하는 소리와 함께 성난 상인들의 주먹이 그녀의 얼굴로 날아들었다.

쾅당탕탕!

상인들의 주먹세례를 받은 여인의 몸이 힘없이 방바닥에 쓰러졌다.

"내 돈 가져오지 않으면 죽여 버릴 거야!"

"얼른 가져와! 이년아!"

방바닥에 쓰러진 후에도 노스 상단주의 전신에 상인들의 발길질이 끊이지 않았다.

"사…… 살려…… 주, 세……."

노스 상단주는 몸을 웅크리고 두 손으로 막아 보지만, 그럴수록 상인들의 화만 돋우었다. 상인들의 분노에 가득한 발길질은 쉴 새 없이 쏟아졌다.

여자의 몸으로 무기시장을 석권하고, 아스테리아 대륙을 풍미했던 그루먼 상단의 수장 노스는 점점 의식을 잃어 갔다.

　　　*　　　*　　　*

재무부 과장 콩테는 중소 상단 조합에 이어 그루먼 상단까지 파산했다는 소식에 조퇴를 내고 빠르게 집으로 왔다.

'재수 없으면 독박 쓰는 수가 생긴다.'

콩테가 오랫동안 공무원 생활을 할 수 있었던 것은 두 가지 철칙을 지켰기 때문이다.

첫째, 누구에게 줄을 서야 출세할 수 있을까.

둘째, 누구에게 뇌물을 먹여야 뒤탈이 나지 않을까.

두 가지를 평생의 좌우명으로 삼고 가슴에 새겼기에 공무원 자리를 유지할 수 있었다.

하지만 한순간의 잘못된 선택이 콩테의 인생을 망쳤다.

'어쩐지 사기꾼 냄새가 풀풀 나더라니.'

조합장이 내민 50만 골드라는 유혹 때문에 평생을 지켜 온 두 가지 철칙은 무너졌다.

중소 상단 조합이 고의로 파산 내는 바람에 그루먼 상단이 연쇄적으로 무너졌다. 윌슨 왕국의 근간이 흔들릴 정도로 연이은 악재가 터지자, 재무부뿐만 아니라 왕실에서까지 나와 사건을 조사 중이었다.

이미 재무부 내에서는 이번 사건의 주동자로 콩테 과장이 수사 대상에 올랐다는 소문이 파다했다. 구석까지 몰린 콩테에게 남은 유일한 선택지는 이 나라를 뜨는 것밖에 없었다.

'그래도 나에겐 이것이 있지.'

콩테는 채권 다발을 흔들었다. 아카드에게 커미션으로 받은 50만 골드어치의 무기명 채권이 그의 품에 있었다.

'아무리 화폐 가치가 떨어졌다고 해도, 월슨 왕국이 망하지 않는 이상 채권의 가치는 영원하지. 다른 나라에서 다시 시작하는 거야.'

콩테는 가방에 모든 재산을 담아 아무도 모르게 택시 하나를 잡아 월슨 국경을 빠져나갔다.

* * *

"여긴 어디야?"

마차에서 잠들었던 콩테가 자신의 머리를 부여잡고 눈을 떴다. 기사가 요기라도 하라며 준 음식을 먹고 잠든 것까지는 기억난다.

그런데 일어나 보니 자신이 철창 안에 갇혀 있는 게 아닌가.

"아이고, 우리 고객님 일어나셨네. 다들 와 보라고."

철창 밖에서 콩테를 지켜보던 사내가 소리치자, 밖에서 네 명의 사내가 들어왔다.

"누구냐! 네놈들은?"

그때 더벅머리에 콧수염을 한 사내가 철창으로 다가왔다. 얼굴이 흉터로 가득한 사내의 인상은 꿈에서도 만나기 싫을 정도로 험악했다.

"이 새끼는 보자마자 통성명부터 하자고 하네. 오냐, 특별 고객이니 이름은 알려 주지. 퉤!"

사내는 침을 뱉어 자신의 손을 비벼 대더니 철창 사이로 얼굴을 밀어 넣었다.

"칼빈. 들어는 봤어?"

콩테의 얼굴이 새파래졌다.

"대답을 해. 이 새끼가 내가 묻는데 대답도 안 하네. 야! 문 열어. 간만에 운동이나 좀 해야겠다."

"아, 알고 있습니다."

"늦었어. 이 새꺄!"

철창문을 열고 들어간 칼빈은 무자비하게 콩테를 응징하기 시작했다. 전장의 늑대로 불리던 특수부대 대장답게 딱 죽지 않을 만큼만 두들겨 팼다.

"다음에도 대답 안 해 봐. 지옥을 보여 줄 테니까."

윌슨 왕국 내에서도 칼빈의 이름은 우는 아이도 그치게 만들 정도로 악명 높았다.

그가 하나의 영지를 방문할 때마다 영주의 목은 달아난다. 또한 영주의 재산은 풀 한 포기도 남아 있지 않는다고 하여 그를 이렇게 부른다.

영주 헌터.

북쪽 영지를 소유한 영주들은 칼빈을 피해 죄다 수도 리하드로 몰려들었다. 얼마나 악명 높은지 북쪽 출신 영주들은 북쪽을 향해 오줌도 누지 않는다는 말이 유행할 정도였다.

'택시 기사 놈이 산적과 한패였구나. 몸값으로 얼마나 요구할까? 한 5만 골드면 되겠지?'

하지만 칼빈의 입에서 상상도 못 할 액수가 흘러나왔다.

"50만 골드만 내. 그러면 풀어 주지."

"나는 공무원이오. 공무원이 그렇게 큰돈을 어디서 구한단 말이오."

"조합장한테 받은 50만 골드가 네 가방에 들어 있잖아."

콩테는 가슴이 철렁 내려앉았다.

그는 옆에 있는 가방을 열어 채권을 확인했다. 다행히 채권은 가방 속에서 무사했다.

"그 사기꾼과 한 패거리였구나."

"패거리는 아닌데, 그 양반이 사기꾼 기질이 있긴 하지."

의외로 칼빈은 순순히 인정했다.

"마음대로 해. 네 몸값은 50만 골드야. 언제든지 지불할 의향이 있으면 불러."

말을 마친 칼빈은 감시할 부하들을 남겨 두고는 유유히 빠져나갔다.

이튿날 저녁.

쓰러져 있는 콩테의 코에 향기로운 냄새가 풍겼다. 고개를 슬쩍 돌리니 산적들이 앉아서 오리를 굽고 있었다. 성질 급한 산적 하나가 오리의 다리를 하나 뜯었다.

콩테의 입에는 침이 고이고 배에서는 난리가 났다. 그는 본능적으로 산적들에게 소리쳤다.

"이보게. 나에게도 조금만 주시게."

"얼마큼을 원하시오?"

"일단 다리 하나만 주시게."

"다리 부위는 좀 비싼데."

"얼마면 되겠나?"

산적 하나가 약 올리듯이 대답했다.

"특별히 칼빈 산적단이 조리한 오리 다리의 가격은······ 2만 골드 되겠습니다. 고객님."

"에라이, 도둑놈들! 네놈들이나 실컷 처먹어라!"

2만 골드면 공무원이 4년 동안 한 푼도 안 쓰고 모아야 하는 돈이다. 치를 떠는 콩테를 향해 산적 하나가 웃음소리를 크게 내며 외쳤다.

"먹고 싶으면 말씀만 하십시오. 참고로 무기명 채권도 받습니다. 킬킬킬!"

콩테는 등을 돌려 배고픔을 잊기 위해 잠을 청했다.

하지만 잠을 청하면 청할수록 정신이 말짱해진다. 이미 냄새를 맡아 버린 오리 구이가 머릿속을 붕붕 떠다니는 탓에 도저히 잠을 잘 수 없었다.

콩테는 벌떡 일어나 산적들에게 외쳤다.

"돈 줄 테니 오리를 통째로 주시게."

그때부터 콩테는 먹고 싶은 것을 시켜 먹으며 무기명채권을 산적들에게 지불했다. 생명처럼 여겼던 무기명채권은 눈에 띄게 줄어들기 시작했다.

산적에게 잡힌 지 열흘째.

콩테의 가방에 남아 있는 채권은 50만 골드에서 만 골드까지 줄어 있었다. 그는 이미 폐인처럼 눈이 풀려 있었다.

"이보시게. 자네들 두목 좀 불러 주시게."

잠시 후, 칼빈이 콧수염을 휘날리며 다가왔다.

"왜 불러?"

"내게 남은 재산은 이게 전부요. 마지막 만찬으로 스테이크 한 접시 부탁해도 되겠소이까?"

"마지막 만찬?"

"스테이크를 다 먹고 나면 나를 죽여 주시오. 더 이상 희망이 없소."

칼빈은 잠깐 동안 망설이더니 입구 쪽으로 몸을 돌렸다. 그러고는 누군가를 향해 소리쳤다.

"대장. 이 자식이 스테이크 먹고, 죽여 달라는데?"

칼빈 뒤에서 낯익은 사내가 성큼 앞으로 나섰다.

"마지막 소원을 들어줘야지."

"네놈은! 조합장!"

콩테는 너무 놀라 한 마디도 못 했다.

"너무 억울해하지는 마. 네놈 때문에 자살한 사람이 한두 명은 아니니까. 나보다 네가 더 잘 알지?"

잠시 후 칼빈이 훌륭한 스테이크가 담긴 접시를 들고 왔다. 아카드는 접시를 받아 철창 안으로 집어넣고는 사라졌다.

이튿날 아침.

토막 난 시체 하나가 산속 깊은 곳에 놓여 있었다. 그 주변에 산짐승들이 모여 시체에 입을 파묻고 날카로운 이빨로 뜯어 대고 있었다.

*　　　*　　　*

정확히 일주일이었다.

중소 상단 조합이 고의 부도를 내고 그 여파로 그루먼 상단이 완전히 무너지는 데 걸린 시간이.

이 소식은 상인들의 입을 타고 전 대륙으로 퍼져 나갔다.

이번 사건으로 윌슨 왕국은 신용에 막대한 타격을 입었다. 이제 그 누구도 윌슨 왕국을 무역 왕국이라 생각하지 않았다.

몇몇 국가들은 이번 일로 인해 윌슨 왕국을 불안하게 바라보았고, 윌슨 왕국을 떠나는 타국 상인들이 줄을 잇고 있었다.

동시에 각 나라들은 보유하고 있는 윌슨 왕국 국채를 내놓았고, 각 대사들에게 윌슨 화폐를 환전하라는 명령이 떨어졌다.

콰콰콰쾅!

대륙은행의 꼭대기 층에서 소로스 은행장이 박차고 일어나 암흑 교단의 기사들에게 손가락질을 해 댔다.

"네놈들이 정녕 죽고 싶으냐!"

소로스가 살기를 드러내자 전신에서 검은 연기가 피어올랐다. 흑마법에 익숙한 암흑 기사들도 소로스의 살기에 몸을 가늘게 떨었다.

"지금 무슨 일이 일어났는지 아느냐! 자칫하면 수백 년을 기다려 왔던 모든 계획이 물거품이 될 수도 있단 말이다!"

소로스는 털썩 자리에 주저앉으며 손으로 자신의 관자놀이를 눌렀다.

"왜 자꾸 모든 계획들이 완성 직전에 무너지느냔 말이다!"

소로스 은행장은 최근 윌슨 왕국 귀족들의 빗발치는 책임 논란에 머리가 아파 왔다. 암흑 교단 창고에서 금괴를 가져왔지만 그것으로 감당이 안 될 정도다.

깨진 독에 물을 쏟아붓는 격이다.

순간, 소로스는 머리를 관통하는 생각에 흠칫했다.

"설마 이번에도 아카드 그 녀석이? 그렇다면 그 녀석이 노리는 다음 목표는 어딜까?"

소로스는 갑자기 백짓장처럼 하얗게 된 얼굴로 암흑 기사들을 향해 소리쳤다.

"유황 광산이다. 얼른 유황 광산으로 달려가 완성된 화약을 가져오거라. 아카드가 먼저 도착하기 전에 얼른 가란 말이다!"

소로스는 텅 빈 공간에서 눈을 감으며 자신의 예상이 틀리기만을 빌었다. 오늘따라 그의 표정이 유난히 흔들렸다.

*　　　*　　　*

아카드는 오랜만에 만난 칼빈에게 몇 가지 지시를 내리고는 서로 갈라졌다.

아버지의 상태에 관해서도 묻고 싶고 가신들의 소식도 궁금하지만 시간이 부족했다. 유황 광산에 들렀다가 교황을 만나러 다인 왕국까지 가려면 시간이 빠듯했다.

무엇보다 그 전에 한 사람을 꼭 만나야 했다.

＊　　　＊　　　＊

윌슨 국경 지대에서 하루 거리에 있는 작은 마을.

윌슨 왕국으로 향하는 상인들이 가끔 머무는 그곳에는 언제부터인지 모르겠지만 사람들의 눈을 피해 노틸러스 제국의 정예 군사들이 자리하고 있었다.

"아카드 백작님을 뵙습니다."

"환영합니다!"

군사를 책임지는 장군의 목소리에 군사들로 막혀 있던 곳이 좌우로 갈라졌다. 좌측으로는 원로원 출신들이, 우측에는 왕실 출신들이 늘어서 일제히 우렁찬 외침을 토하며 아카드의 방문을 반겼다.

그 중앙을 아카드가 천천히 걸어갔다.

군사들이 끝나는 지점에 안경 쓴 사내가 삐딱하게 서서 귀를 후벼 파고 있었다.

"마스터, 제발 저 좀 가만히 내버려 두시면 안 됩니까? 이게 뭡니까? 옷에 흙탕물 다 튀었네."

"왜? 여기에 은행장 무덤 하나 만들어 줘?"

"명색이 은행장인데 농담 좀 가려서 합시다. 농담을 진담처럼 말씀하시네."

아카드가 가까이 다가오자 토마스의 얼굴이 환해졌다. 잠깐 동안 두 사람은 반가움의 포옹을 하고는 임시 막사로 향했다.

"편지에는 복수라고 적어 놓으셨던데, 대륙은행 작살내는 거랑 무슨 관계가 있습니까?"

바깥에서와는 달리 토마스는 냉정한 표정으로 질문했다. 가문의 원수가 뼈에 사무친 그였지만, 윌슨 왕국이 망하는 걸 원치는 않았다.

미우나 고우나 어찌 됐든 윌슨 왕국은 그의 고향이기 때문에 가문을 망하게 만든 관련자, 특히 원수의 정점에 위치한 소로스만 처단되길 바랐다.

"네가 지금부터 해야 할 일은 나를 위한 것도 되지만, 너의 복수와 관련이 있어."

모닥불을 사이에 두고 맞은편에 앉은 아카드가 나뭇가지

를 던지며 말했다.

"이해가 안 돼서 말이죠. 대륙은행장이 소로스라도 된답니까?"

"응. 맞아"

"그런데 왜 제가 대륙은행을…… 뭐요?"

컥! 컥! 콜록! 콜록!

맥주를 한 모금 넘기던 토마스가 목에 걸렸는지 격렬하게 기침했다.

"다시 말해 주세요. 대륙 은행장이 제국에서 도망친 소로스라고요?"

"그렇다니까. 이참에 한 방 먹이고 와."

"지금 당장 출발하겠습니다."

토마스는 활활 타오르는 얼굴로 나가려고 했다.

당장이라도 자신을 호위하기 위해 군사를 이끌고 온 장군에게 소리쳐 월슨 왕국과 전쟁이라도 벌일 기세다.

"서두르지 말고 앉아."

아카드의 만류에 일단 토마스가 앉았다. 하지만 자신의 가문을 멸문시킨 원수를 확인하고 싶어서인지 조급함이 표정에 그대로 드러난다.

"서두르지 마. 소로스의 뿌리를 뽑으려면 이 일은 시작에 불과해."

"죄송합니다. 억울하게 누명을 쓰고 돌아가신 부모님의 얼굴이 떠올라서요."

"그럴수록 냉정해져야지."

아카드는 피식 웃으며 토마스를 다독였다.

아카드의 말이 효과가 있었는지, 토마스의 떨림이 가라앉았다. 그러고는 평소처럼 활짝 웃으며 아카드에게 장난을 친다.

"하하하. 이렇게 웃으면 됩니까?"

"웃지 마. 재수 없어."

"참, 내. 웃는 사람 얼굴에 침도 안 뱉는다는 말도 모릅니까!"

"이리 와 봐. 뱉어 줄게."

토마스는 평소처럼 근황에 대해 자세히 보고하며 타올랐던 흥분을 가라앉혔다. 자리가 사람을 만든다더니, 은행장 노릇을 하다 보니 제법 의젓한 티가 난다.

"준비하라는 건 했어?"

"마스터가 전쟁 때 빌려준 사채 발행자를 제국은행으로 바꿨습니다. 이것만 들고 가면 그루먼 상단이 소유한 드워프들 싹 다 구할 수 있을 것 같습니다."

"그리고 더 중요한 건 어떻게 됐어?"

"다인 왕국과 진 제국의 협조를 받아 그들이 들고 있는 윌슨 왕국 국채를 모두 확보했습니다."

토마스는 아카드가 떠난 직후 막대한 자금을 풀어 윌슨 국채를 끌어모았다. 무려 두 대국이 소유한 국채 모두를 확보했다.

"윌슨 왕국에 도착하면 블랙마켓 직원 하나가 찾아갈 거야. 그 직원에게 가지고 있는 국채 반을 넘겨."

"반이나요?"

"블랙마켓에서 대륙 전역에 윌슨 국채를 풀어 버릴 거야."

"그렇게 되면 윌슨 왕국이 보유한 화폐는 바닥이 나겠군요. 윌슨 왕국의 돈이 다 떨어지면 제가 가지고 있는 국채로 협박하라 이거네요?"

"그렇지. 그 다음으로 퀘이크 대공을 만나."

퀘이크 대공은 윌슨 왕국 선왕의 형이다.

선왕이 암살된 이후 정국을 장악하려는 소로스에게 손발이 묶여 저택에 감금된 상태다. 아카드는 감금된 퀘이크 대공에게 왕권을 넘길 생각이었다.

"대신 50년간 제국의 식민지로 살아간다는 약속을 문서로 받아 와."

"과연 서명할까요? 제가 그 양반을 좀 아는데 보통 강단 있는 게 아닙니다."

"말 안 들으면 왕국을 갈기갈기 찢어 버린다고 해. 어차 피 막다른 길이야. 서명할 수밖에 없을 거야."

"마스터의 명대로 하겠습니다."

토마스는 아카드의 말에 내심 가슴이 떨렸다. 드디어 가 슴속에 맺혀 있던 원한을 풀 수 있는 기회가 왔다.

감격에 겨워하는 토마스의 귀에 아카드의 음성이 이어졌 다.

"대신 절대 시민들에게는 피해가 가지 않도록 모든 역량 을 발휘해서 윌슨 왕국을 도와주도록 해. 시민들이 무슨 죄 가 있겠어."

토마스는 옆에서 아카드의 말을 듣고 입가에 미소를 지 었다.

'에레나 아가씨가 마스터를 많이 변하게 만들었구나. 마 스터의 입에서 저런 말이 나오네.'

토마스는 윌슨 왕국 사람이다.

하지만 그가 먼저 말을 꺼내지 않은 것은 아카드에게 자 기 나라만 챙기는 것으로 보일까 봐서였다.

물론 아카드가 말하지 않아도 그렇게 할 생각이었다.

아카드는 큰 그림을 그리고 자신과 윌 크로우 2세, 칼빈 과 같은 가신들은 아카드가 그린 그림에 색칠을 하면 되는 것이다.

사소해 보이지만 주종 간에 반드시 지켜야 할 원칙이다. 이 사소한 것 하나를 지키지 못해서 수많은 유혈 사태가 일어났음을 역사가 증명하고 있었다.

"그런데 중소 상단 조합 사람들은 어디로 보냈습니까?"

"상단주들은 원하는 나라에, 직원들은 윌 크로우 2세한테 보냈지."

"잘하셨습니다. 안 그래도 윌 그 자식이 사람 좀 구해 달라고 얼마나 조르던지."

은행과 그루먼 상단의 횡포에 희망은 잃은 상단주들은 윌슨 왕국을 떠나기로 마음먹었다. 그런 그들에게 아카드는 각자 원하는 나라의 무기명 채권을 지급했다.

또한 중소 상단 조합에 소속된 직원들은 모두 다인 왕국에 있는 크로우 상단으로 보냈다. 윌 크로우 2세도 상단에 일할 사람이 부족해 반기는 눈치였다.

"이제 슬슬 일어나야지."

"이 양반이 또 어디로 새려고 그러시나. 아, 참. 그러고 보니 에레나 양이 보이질 않습니다."

일어서서 엉덩이를 터는 아카드를 토마스가 잡았다.

"많이 수상합니다. 혹시 다른 애인이라도 생기신 겁니까? ……아얏!"

아카드가 팔을 휘두르자마자 토마스는 뒤통수를 부여잡

고 방방 뛴다.

"소설은 그만 쓰고. 요즘도 야설 보는 거 아니겠지? 내 귀에 제국은행장이 야설 본다는 소문 들려오면 피똥 싼다."

"명색이 은행장인데 너무한 거 아닙니까?"

"내가 그 은행 이사회 의장이야. 내 말 한 마디면 은행장 자리에서 쫓겨나는 거 몰라?"

"에이, 씨! 그래서 에레나 양은 어디 있는데요?"

"에레나는 다인 왕국으로 먼저 보냈어."

"왜요? 차라리 제국으로 보낼 것이지."

"교황과 약속이 있어서 그래. 교황이 에레나를 만나 보고 싶어 해."

"노인네 노망들었나?"

교황이 다른 사람도 아닌 에레나 영애를 만나고 싶어 했다는 말에 토마스는 고개를 갸우뚱했다.

"왜 혼자 보내셨어요? 마스터는 어디 가시는데요?"

"너무 많은 걸 알려고 하지 마. 다쳐. 넌 마무리나 잘해. 간다."

아카드는 손은 흔들며 어둠 속으로 사라진다.

토마스가 잡아 보려 했지만, 바람의 힘으로 사라지는 아카드의 움직임은 사람의 힘으로 잡을 수 있는 게 아니었다.

"마스터! 언제 오실 건데요? 말이라도 해 주셔야죠! 네?"

토마스가 힘껏 소리쳐보지만 들려오는 건 자신의 메아리 뿐이다. 아카드의 모습이 완전히 사라지자 갑자기 토마스가 두 손을 번쩍 들었다.

"아싸! 만세! 악마 같은 마스터도 없고, 마녀 같은 피오라도 없으니 이번 일만 끝내고 나면 난 자유다! 한 달은 시간 끌다 돌아가야지."

*　　　*　　　*

"은행장님. 이 속도라면 내일이면 은행이 가지고 있는 모든 현금이 떨어집니다."

소로스 은행장은 눈을 감고 지난 세월을 되새겼다. 온갖 지혜를 뽐내던 선배 흑마법사들이 인간들의 꾀에 넘어가 살해당한 기억이 떠올랐다.

'나는 다르다. 절대 그들과 같은 전철을 밟지 않을 것이야.'

소로스 은행장은 어금니를 꽉 깨물었다.

그런 그를 어느새 뒤에 다다른 대륙은행 임원 하나가 숨을 죽인 채 바라보았다. 위기 상황을 기적처럼 반전시킬 묘수를 달라는 눈빛이다.

"어이. 자네."

"네. 은행장님."

소로스 은행장은 부하 직원의 바람을 무참히 짓밟았다. 항상 자신감 넘치고 패기 넘치던 은행장의 모습은 사라지고, 힘없는 노인처럼 말했다.

"달라는 대로 다 주게."

"은행장님!"

돈을 내주라는 은행장의 말에 임원은 기가 막히는지 눈을 커다랗게 떴다.

"시키면 시키는 대로 해! 어차피 일주일만 버티면 우리는 다시 일어날 수 있어!"

소로스 은행장이 믿고 있는 최후의 카드는 화약이다.

일단 각 나라의 대사들을 모아 화약의 파괴력을 보여줄 생각이다. 그러고는 화약을 아주 비싼 가격에 노틸러스 제국을 제외한 다른 나라에 팔 것이다.

모든 준비가 끝나면 화약을 판매한 국가들과 노틸러스 제국을 칠 생각이었다. 그렇게 되면 지금의 위기도 단번에 반전시킬 수 있다는 것이 소로스의 생각이다.

지금 가장 시급한 것은, 윌슨 왕국이 그동안 무너지지 않는 것이었다. 자신을 지지해 줄 나라가 없으면 모든 계획이 물거품이 되어 버리기 때문이다.

그 사이에도 대륙은행 안은 소란스러웠다.

여기서 조금만 과격해지면 폭동이라도 날 기세다.

"고객님, 맡겨 두신 돈 가져왔습니다."

"휴우. 다행이다."

제국은행의 몰락을 겪은 고객들은 끝없이 몰려들었다. 돈을 찾겠다는 고객들의 행렬은 끝이 보이지 않았다.

"이 새끼들아, 내 돈 빨리 달라고!"

"도대체 언제까지 기다리게 할 셈이야!"

은행원들은 시간이 지날수록 점점 난폭해지는 사람들의 모습에 겁을 먹은 표정이다. 그들은 본능적으로 몸을 움직이며 탁자 위에 현금을 올려놓느라 바빴다.

Chapter 11.
유황 광산 침투

　암흑 교단의 사도라고 주장하는 그로울리의 정보에 따르면 유황 광산은 윌슨 왕국 수도 리하드에서 말을 타고 열흘 정도 떨어진 곳에 위치했다.

　원래 이곳의 유황은 품질이 우수하다.

　피부에도 좋고 노폐물 제거에도 그만인지라 귀족가 여인들에게 매우 고가에 팔려 나가고 있었다.

　아카드는 유황 광산에 도착해 주변을 둘러보았다.

　유황이라는 것만 빼면 여느 광산과 다를 바가 전혀 없어 보였다.

　하지만 그로울리의 정보가 틀림없다면, 유황 광산 어디

엔가 화약을 제조하는 곳이 있을 것이 분명하다.

'뭔가로 위장했을 가능성이 높은데.'

구린 짓을 하는 인간들은 겉과 속이 다르지 않던가? 그런 인간들의 정점에 서 있는 소로스라면 분명히 비밀리에 화약을 제조하는 장소가 있을 것이다.

그리고 아카드에게는 추적에 최적화된 바람의 정령 실리안이 있었다.

'실리안. 나와.'

—요즘 좀 잠잠하더니 왜 또 불러. 나 암살 기술 다 익혀 가니까 가만히 좀 놔두라고.

'벌써 다 익혔어?'

아카드는 깜짝 놀랐다.

'사신이라 불리며 암살자계의 정점에 있는 블라디우스의 기술을 1년도 안 돼서 익히다니. 놀라운데?'

—실리안 님의 위대함을 이제야 인정해 주는구나. 그러니까 이제 잘해.

'라그니스와 싸워도 이기겠네?'

갑자기 아카드의 몸속에서 엄청난 열기와 함께 라그니스의 고함 소리가 들렸다.

—이 자식이 뭐? 어쩌고 어째? 나한테 이긴다고?

—라그니스 님, 제가 한 말이 아니라 마스터가 한 말

인······.

　―기다려. 요즘 안 두들겨 팼더니 점점 미쳐 가는구나.

실리안은 창백한 얼굴로 아카드에게 사정했다.

　―마스터, 제발. 라그니스 님 나오면 나 죽어.

　'사람 하나 찾을 수 있겠어?'

　―당연하지. 나한테 걸리면 어떤 놈이든지 평생 벗어날 수 없어. 누구야? 어떤 인간을 찾으면 돼?

실리안이 자신만만한 목소리로 재촉했다. 불의 정령 라그니스가 몸 밖으로 나오기 전에 빨리 도망치려고 안달이 났다.

　'유황으로 뭔가 만드는 인간이 있으면 나한테 보고해. 아마 흑마법사일 가능성이 높아.'

　―나한테 그 정도는 일도 아니지. 바람의 정령 실리안은 마스터에게 임무를 받아, 흑마법사 잡으러 가겠습니다. 충성!

실리안은 빛의 속도로 사라졌다.

　―이 새끼 어디 있어? 또 튀었네. 다음에 잡히기만 해 봐. 아주 갈기갈기 찢어서 분해해 버릴 테니까.

라그니스는 다시 들어가기 무안한지 아카드에게 조르기 시작했다.

　―마스터, 내가 할 일은 없어? 빼질이한테만 시키지 말

고, 나도 좀 시켜 달라고.

아카드는 어린아이처럼 조르는 라그니스를 보며 피식 웃었다. 실리안에게만 뭔가를 시키니 질투가 난 모양이다.

'가르쳐 준 엘프 마법이나 익히지?'

—더 이상 배울 것도 없어. 8단계에서 올라가질 않아.

'왜? 능력이 안 돼서?'

말은 그렇게 하지만 아카드는 정령들의 능력에 대해 감탄하고 있었다. 이런 정령들의 잠재력을 알아채지 못하고 단순하게만 사용한 전대 정령사들의 무능함에 혀를 찼다.

—9단계도 외우긴 했는데, 이건 마스터가 한 단계 성장해야 써먹을 수 있을 것 같아. 지금은 고작 8단계가 한계야.

대륙에 한 명도 없을지 모를 8단계 마법을 고작이라고 폄하하는 라그니스 말에 놀라고, 자신 때문에 9단계에 오르지 못했다는 말에 자존심이 상했다.

'한 단계 성장하려면 어떻게 해야 하는 거야?'

—일반적으로 정령석을 흡수시키거나, 명상을 해서 깨닫는 방법이 있지. 근데 마스터한테 정령석은 아무 도움도 안돼!

'나한테 문제라도 있나?'

—있지. 전에도 말했지만, 마스터는 이미 최상급 정령사

와 비슷한 양의 마나를 몸속에 가지고 있어. 아무리 정령석을 흡수시켜도 몸이 받아들이지 못할걸? 대부분 자연으로 흩어질 거야.

'다른 방법 없어? 보통 속성으로 익히는 것도 있잖아. 라그니스 너라면 왠지 알 것 같은데.'

아카드가 띄워 주자 한참 생각하던 라그니스가 뭔가를 떠올렸는지 불덩이가 강하게 타올랐다.

─있다! 있긴 한데 거의 불가능에 가까워서 말이지.

'역시 라그니스 너라면 실리안과 다르게 방법을 찾을 거라 생각했지. 그래, 말해 봐.'

─자연사한 정령사의 무덤을 찾을 수 있으면 가능해. 정령사가 죽고 오랜 시간이 지나 시체가 먼지로 변하면 그 자리에 파란 구슬을 남기거든.

'파란 구슬? 드래곤 하트 같은 거야?'

─비슷하지. 구슬을 마스터가 찾아내서 복용하면 전대 정령사가 가졌던 경지까지 성장할 수 있을 거야. 근데 그런 무덤을 어디서 찾아.

라그니스는 괜히 이야기했나 싶었는지 풀이 죽었다.

하지만 아카드의 눈동자는 갑자기 빛을 발했다. 그의 손이 안주머니를 향하자 가죽으로 만든 지도 하나가 잡혔다. 그로울리가 동업자가 된 기념이라며 선물로 준 정령사의 유적 지도다.

'여기를 찾으면 가능하단 말이지?'

빨리 유황 광산을 정리하고 유적지를 찾아봐야겠다는 생각이 아카드의 머리를 지배했다.

*　　　　*　　　　*

아카드는 가짜 신분증으로 유황 광산 입구에 있는 상단의 직원으로 위장했다.

이 상단의 주요 업무는 그루먼 상단에서 가져다주는 음식과 생필품을 받아 유황 광산 노동자들에게 전해 주는 일이었다.

아카드는 자연스럽게 유황 광산으로 잠입하려면 상단 직원으로 위장하는 것이 최선이라고 생각했다.

광부로 취업하는 방법도 있으나 위험하다. 비밀이 있는 곳에서는 낯선 사람을 극도로 경계하는 버릇이 있었다.

아카드의 생각은 정확했다.

"리하드에서 카바우 상회 직원으로 일했다고?"

"5년 정도 했습니다. 한때 카바우 상단도 손님이 넘칠 때가 있었는데, 지금은 직원들 월급을 주지 못해 다 나간 상태입니다. 그나마 제가 제일 오래 남았습니다."

"하기야 소문에 의하면 4대 상단이 아니면 살아남기 힘들다는 말은 들었지."

유황 광산에만 있어서인지 배달 상단의 책임자는 윌슨 왕국의 상황에 대해 모르는 듯했다.

"그래도 언젠가 잘될 날이 있지 않겠습니까. 그때까지 저도 입에 풀칠이라도 하려고 여기까지 달려왔습니다."

아카드가 최대한 불쌍한 표정으로 사정하자 책임자는 고개를 끄덕이며 마지막 테스트를 시작했다.

"윌슨의 상황이 어렵긴 어려운 모양이군. 유황 광산까지 일자리를 구하기 위해 온 것을 보면. 그런데 상단에 있었으니 장부 정리는 잘하겠군."

"맡겨만 주십시오."

"일단 이 장부부터 정리해 보게. 내가 뒤에서 볼 테니."

잠시 후 아카드가 정리한 장부를 살펴보던 책임자는 진짜로 상단에서 일했다고 생각했다. 은행이나 상단에 취직하지 않고서야 이렇게 완벽하게 정리할 리가 없다고 믿는 듯했다.

마지막으로 신분증을 확인했다.

아무리 요리조리 살펴봐도 완벽한 신분증이다. 블랙마켓에서 위조한 신분증인 만큼 일반인은 절대 구분할 수 없다.

상단 책임자는 아카드에게 신분증을 돌려주며 걱정스러

운 표정을 지었다.

"이곳 일이 보통 힘든 게 아닌데, 자네처럼 호리호리한 사람이 잘 해낼 수 있겠나?"

"한번 맡겨만 주십시오. 장부 정리면 장부 정리, 배달이면 배달, 모두 해내겠습니다. 믿지 못하시겠다면, 월급은 일절 안 받는 것으로 하겠습니다."

"흐음……."

책임자는 잠시 고민하다가 결정했는지 아카드를 향해 손을 내밀었다. 잘해 보자는 약속을 담은 몸짓이다.

"안 그래도 전임자가 용암이 튀어 부상을 입는 바람에 일할 사람이 필요한 참이었네. 내일 아침부터 출근하도록 하게."

"꼭 잘해 내겠습니다."

아카드는 정성을 담은 표정으로 허리를 숙였다.

하지만 고개를 숙인 그의 눈빛은 차가웠다. 이로써 유황 광산을 살펴볼 모든 준비는 마쳤다.

사실 상단의 배달을 도맡아 하던 전임자는, 아카드가 라그니스를 보내 용암에 상처를 입게 했다. 그 덕에 아카드는 유황 광산에 잠입할 수 있었다.

*　　　*　　　*

아카드가 취직한 상단의 일과는 아주 간단했다.

새벽에 광부들에게 필요한 물건을 가져다주는 것이 일의 대부분이다. 오후에 그날 배달한 물건들을 장부에 기입하면 아카드가 할 일은 없다.

며칠이 지나자 유황 광산에 있는 대부분의 사람들이 아카드를 상단의 직원처럼 대했다. 그들은 아카드를 한 식구처럼 대하며 점점 친분이 쌓여갔다.

만약 아카드가 귀족의 자녀로 태어났다면 그들도 금방 알아챘을 것이다.

하지만 아카드는 해적왕 모건의 아들이다. 이 세상에서 가장 거칠다는 사내들 틈바구니에서 성장했기에 광부처럼 험한 일을 하는 사람들과 쉽게 친해질 수 있었다.

아카드는 여느 날과 다를 것 없이 음식과 생필품이 담긴 마차를 끌고 유황 광산 내부로 들어갔다.

누구도 그의 행동을 의심하는 사람은 없었다.

처음에는 입구에서 직원이 바뀐 것을 알고 깐깐하게 신분증을 요구하며 철저히 검사했다.

하지만 친분이 쌓인 지금에 와서는 서로에게 인사를 하며 통과시켰다.

역시 유황 광산 내부 깊숙한 곳까지 들어가자 광부들을

감시하던 감독관들의 눈이 날카롭게 빛났다.

그들의 몸에서 흑마법의 지독한 악취가 진하게 나는 듯했다.

'암흑 교단에서 온 자들이군. 흑마법사는 아니고 기사 쪽에 가까운 인물들인가?'

감독관들은 광부들이 쓰는 거친 비속어에도 능숙했다. 광부들도 감독관들을 평범한 사람으로 생각하고 있었다.

감독관들이 날카로운 눈으로 아카드를 쳐다보았다.

하지만 아카드는 당황하지 않고 평소처럼 마차에 담긴 물건들을 자연스럽게 내려놓았다.

그러면서 틈틈이 실리안을 시켜 광산 내부의 구조와 곳곳에 세워진 건물 등을 살펴보게 했다.

—마스터, 찾았다! 흑마법사를 찾았다. 역시 인간 따위가 이 실리안 님의 눈을 피해 숨어 봤자 소용없어.

'흑마법사가 지금 뭘 하고 있지?'

—유황을 가지고 검은 흙과 섞고 있다.

'또 다른 건?'

—유황과 검은 흙을 섞은 걸 가지고 침대 아래에 있는 통로로 가져가고 있네. 거기 숨긴다고 이 실리안 님이 모를 줄 알았나 보지? 이 실리안 님으로 말할 것 같으면…….

'좀 그만하지? 라그니스 부르기 전에.'

실리안이 조용하니 세상이 고요하게 느껴진다.

아카드는 천천히 고개를 들어 감독관에게 인사를 하고는 빈 마차를 끌고 입구 쪽으로 돌아갔다.

흑마법사의 위치 발견이라는 소기의 목적은 달성했다. 이제는 좀 더 시간을 들여 광부들에게 유황 광산의 정보를 모을 때다.

하지만 아카드는 마음이 급했다.

'하아. 더 이상 시간이 없는데. 얼른 유적지도 찾고 교황도 만나러 다인 왕국에 들러야 하는데. 어떻게 하지?'

소로스 은행장이 눈치채기 전에 준비해야 할 게 많았다.

'차라리 다 죽여 버릴까?'

불의 정령인 라그니스에게 화산을 터트리게 해 다 묻어 버릴 생각도 했지만, 그렇게 하기에는 화약 제조법이 너무 매력적이다.

그로울리는 파괴시키려고 했지만 사람 욕심이 그런가?

화약 제조법이 기록된 금서를 손에 넣은 뒤, 전쟁이 끝난 후에도 적절하게 써먹을 예정이었다. 그때까지는 그로울리에게 자신의 의도를 철저하게 숨기리라 결심했다.

*　　　*　　　*

아카드가 상단에 취직한 지도 어언 열흘이 다 되어 가고 있었다. 그동안 아카드는 매일 유황 광산에 배달을 갔고, 그 덕에 내부의 위치를 머릿속에 완전히 각인시킨 상태다.

유황 광산에는 총 200명의 광부들이 있었다. 그중에서 돈을 받고 유황을 캐는 광부는 50명이고 나머지 150명은 여기에 끌려온 노예로 보였다.

이들을 감시하는 감독관의 수는 총 10명. 감독관들은 5명씩 조를 짜 유황 광산을 24시간 감시하고 있었다.

감독관들은 처음에 아카드를 경계 어린 시선으로 봤지만, 지금은 그들과 농담도 하고 여자 후린 이야기도 하는 사이가 될 만큼 친해졌다.

그들은 소로스 은행장이 혈안이 되어 찾는 인물이 눈앞에 있을 거라고는 상상도 하지 못했다. 그 덕분에 내부에 대해서 더 이상 알아야 할 것은 없었다.

그날 밤.

아카드는 움직이기로 결심했다.

*　　　*　　　*

감독관으로 위장한 암흑 기사들은 가장 높은 곳에서 유황 광산 주변을 감시했다. 그들은 평범한 사람처럼 최대한 자신의 살기를 숨겼다.

평범한 광부들에게는 약간의 살기만 흘려도 목숨을 잃어버릴 만큼 암흑의 마나가 치명적이다. 인간의 모든 것을 파괴시키는 성질 때문에 그들은 최대한 살기를 숨겼다.

그들은 주간조와 야간조로 나뉘어 밤낮없이 쉬지 않고 개미 한 마리 움직이는 것까지 살폈다.

유황 광산을 오가는 그 무엇이라도 그들의 눈을 피하지 못했다.

암흑 기사의 틈을 찾는 건 바늘구멍을 뚫는 것보다 힘들지만, 그나마 가능성이 가장 높은 날이 오늘이다.

한 달에 한 번 광부들에게 월급을 지급하는 날이 되면, 그들은 잔치를 열어 주었다.

가뜩이나 유황 광산에서 일하겠다는 일꾼이 모자라 노예까지 끌고 왔는데, 노예보다 몇 배 능숙하게 유황을 캐내는 광부들이 불만을 가지고 떠나가면 큰일이다.

그렇기 때문에 월급날만 되면 잔치를 열어 광부들을 마음껏 먹이고, 필요하다면 여자 노예까지 성노예로 사용하도록 허락했다.

*　　　*　　　*

"오늘이 고기와 술을 가져오는 날이지?"

"한 달에 한 번 술을 배 터지게 먹을 수 있는 유일한 날이지."

"마침 저기 오는군."

"호랑이도 제 말 하면 온다더니, 저 친구도 귀족 되기는 글러먹은 모양이야."

"마차는 확실히 확인했겠지?"

"입구에서 조사했겠지. 유황 광산에 처박혀 있는 것도 짜증 나는데, 암흑 기사단인 우리가 그런 것까지 일일이 확인해야겠어?"

"하긴, 입구에 있는 평범한 인간들이 어련히 알아서 했겠지."

"오늘 어떻게 할 거야? 원래대로 5명씩 번갈아 감시할 거야?"

"그냥 오늘은 제비뽑기해서 지는 사람이 혼자서 망보는 거 어때? 어차피 여기에 누가 쳐들어오겠어. 평범한 인간들 중 우릴 이길 자는 해적왕 모건 말고는 없다고."

"맞아. 그 인간도 교주님의 공격에 죽었다고 하니 한 명이 망보는 걸로 하자고."

"좋아. 그렇게 하자고."

어느새 아카드와 친해졌다는 이유로, 감시관들의 긴장감

은 서서히 풀려 가고 있었다.

어차피 술과 고기 빼면 매번 똑같은 물건이니 신경 쓸 필요 없다고 생각했다.

*　　　*　　　*

'한 시간 안에 끝내야 한다.'

아카드는 광부들이 모여 있는 곳에 마차를 세우고 바닥에 술과 음식을 내려놓은 뒤 조용히 빠져나갔다.

이미 머릿속에 유황 광산 내부의 구조는 각인되어 있기에 특별히 생소한 기분은 들지 않았다.

아카드의 눈은 한곳에 고정되었다.

흑마법사가 화약을 제조하는 가장 안쪽 건물.

아카드는 실리안에게 주변을 살피게 했다.

—더러운 기운을 가진 인간 하나가 오고 있다.

'위치는?'

—여기서부터 정확하게 42.3m 거리에서 오고 있다.

실리안이 감독관으로 위장한 암흑 기사의 위치를 감지하고는 재빨리 아카드에게 알렸다.

'이곳을 주시하고 있는 모양이군. 이렇게 되면 골치 아픈데.'

아카드는 실리안에게 실시간으로 암흑 기사의 움직임을 들으며 조심스럽게 유황 광산 내부로 숨어 들어갔다.

지금은 광부들이 광란의 파티를 벌이는 시간.

잠입하기에 최적의 조건이다.

내부의 벽마다 일정 간격으로 횃불이 밝혀져 있었지만, 안으로 들어갈 때마다 어두워졌다.

그와는 반대로 온도는 점점 올라갔다.

겨우 반 정도 왔음에도 불구하고 아카드의 이마에는 땀이 송골송골 맺혔다. 불의 정령과 계약을 맺은 후로 불에 의한 피해는 막을 수 있지만, 더위까지 막아 주지는 못하는 모양이다.

점점 내부로 향할수록 한 치 앞도 보이지 않는 상황이지만 아카드에게는 상관없는 장애물이다. 바람의 정령과 계약한 덕분에 주변의 모든 것이 느껴질 정도로 감각이 확장되었다.

칠흑 같은 어둠 속에서 벌레 한 마리가 지나가도 느껴질 정도로 암살자보다 더 민감한 감각을 얻었다. 이런 어둠 따위는 아카드에게 전혀 불편함을 주지 못했다.

"살려 주세요."

"귀여운 것 어디 가려고. 학! 학!"

광산 내부에서 여자의 비명 소리가 들렸다.

여자 노예를 잡고 강간하려는 모양새다.

'남자는 죽이고, 여자는 재워.'

실리안이 번개같이 갔다가 돌아왔다.

거짓말처럼 사람의 목소리는 들리지 않고, 내부는 조용해진다.

실리안의 우쭐거림에 아카드는 만족한다는 표정으로 칭찬해 주고는 다시 내부를 돌아다녔다. 화산 내부는 여러 갈래로 길이 나 있었다. 효율적으로 유황을 운반하기 위해 돌산을 깎아 여러 길을 만들어 놓은 듯하다.

아카드는 여러 번 와 본 것처럼 가장 왼쪽의 갈림길로 들어갔다. 능숙하게 10분쯤 걸어갔을 때, 머릿속에 각인시켜 놨던 건물 하나가 나타났다.

스르르.

문에 힘을 주자 열리기 시작했다. 무슨 장치라도 했는지 열린 문은 자동으로 스르르 닫혔다.

아카드는 문이 닫히기 전에 건물 안으로 사라졌다.

'쿵!' 하는 소리와 함께 문이 닫히고, 내부의 모습이 드러났다. 책상에는 화약 제조법이 적혀 있는 두루마리 하나가 있었고, 실리안이 알려 준 대로 중앙에는 침대 하나가 놓여 있었다.

"일단 금서 하나는 내 손에 들어왔고. 이제 흔적을 완전히 지워 버려야지."

아카드는 침대를 최대한 조심스럽게 밀었다.

그의 발밑으로 지하로 내려가는 계단이 나타났다. 좌우로는 활활 타오르는 등불이 지하실을 밝히고 있다.

"소로스 은행장의 희망을 무참히 밟으러 가 볼까?"

아카드는 조심스럽게 밑으로 내려갔다.

점점 밑으로 내려갈수록 시큼한 냄새와 지하 특유의 퀴퀴한 냄새가 코끝을 찔렀다. 다행히 실리안이 바람으로 냄새를 날려 버린 덕에 아카드는 별 영향을 받지 않았다.

드디어 계단의 끝이 보이면서 또 다른 좁은 통로가 아카드의 눈앞에 펼쳐졌다.

통로를 걸어가자 밀실 하나가 나타났다.

밀실 왼쪽 구석에는 커다란 천으로 덮어 놓은 것이 보였다. 검은색 천을 향해 다가갈수록 쏴한 냄새가 코를 찔렀다.

"이게 화약이란 건가?"

천을 당겨 보니 밀봉된 박스 10개가 모습을 드러냈다. 밀봉된 박스를 열어 보니 검은색의 가루가 바싹 마른 채로 가득 담겨 있었다.

아카드는 모든 박스를 풀어 하나하나 열어 보았다.

"왜 색깔이 조금씩 다르지?"

화약에도 종류가 수없이 많다.

박스마다 용도가 다른 듯했다.

각 박스마다 대포에 들어가는 화약, 길을 만들기 위해 사용되는 화약, 암살용 화약이라는 글자가 적혀 있었다.

아카드의 표정이 심각해졌다.

용도별로 분류할 정도면 오랜 시간 동안 테스트를 거쳐 왔다는 소리였다.

"조금만 늦었으면 소로스 계획대로 됐겠는데? 이것들이 밖으로 나가면 난리가 나겠군."

아카드는 일단 주변을 더 살펴보기로 했다.

화약만 있는지, 다른 것도 더 있는지 살펴보는 것이 먼저였다.

왼쪽을 봤으니 이제는 오른쪽을 조사해 볼 차례다.

아카드는 화약 박스를 열어둔 채 오른쪽으로 향했다. 의외로 오른쪽에는 아무것도 보이지 않는다.

"어? 뭐지?"

아카드의 손가락에 미세하게 돌의 촉감과는 다른 뭔가가 느껴진다. 박스를 덮어 둔 천과 같은 촉감이다.

천을 잡아당기자 겨우 사람 하나가 지나갈 만한 공간이 나타났다. 머리를 넣어 보니 안에 널브러진 시체가 보였다.

사람이라고 부르기 징그러울 정도로 몸 곳곳에 구멍이

뻥뻥 뚫려 있다.

"쟤들 뭐야?"

허리를 숙여 안으로 더 들어가 보니, 시체가 한두 구가 아니다. 육체 곳곳에 구멍이 뚫려 있는 시체가 바닥에 쓰레기처럼 나뒹굴고 있었다.

갑자기 아카드가 스산한 눈빛으로 변했다. 이곳이 어떤 용도로 만들어진 것인지 눈치챘다.

인체 실험!

사람의 몸에 화약을 넣고 어떤 결과가 나타나는지 확인하기 위해 방을 만들었다. 그 후, 쓸모가 없어진 노예를 끌고 와 화약을 먹이고 내부에서 터트리는 실험을 했던 것으로 보인다.

아카드의 예상이 적중했다.

시체들이 쌓여 있는 구석에 작은 책상이 있고, 그 위에는 두꺼운 노트가 여러 개 쌓여 있다.

아카드가 손을 뻗어 무엇이 기록되어 있는지 확인해 보니 그의 생각대로 인체 실험을 통해 알아낸 결과들이 빼곡하게 적혀 있었다.

노트에는 화약의 양에 따라 육체가 파괴되는 정도와, 신체 내부에서 화약을 터트리기 위해 필요한 약물이 상세하게 기록되어 있었다.

"인간이기를 포기했군. 이런 짓을 했으니 죽여도 탈은 없겠어."

아카드는 이런 실험을 자행한 자에게 참을 수 없는 분노를 느꼈다. 눈앞에 있으면 손수 목을 따고 싶을 정도다.

어느새 시간을 보니 얼마 남은 것 같지 않았다.

더 이상 시간을 지체하면 감독관들에게 발각될지도 모른다. 소란은 원치 않았다.

유유히 유황 광산을 빠져나간 후, 불 정령 라그니스에게 화산을 터트리라고 명령하려고 했다. 이 모든 것을 영원히 찾지 못하게 묻어 버릴 계획이었다.

끼이이익!

그런데 위에서 소리가 났다.

아마도 화약을 제조하는 흑마법사가 이곳으로 내려오기 위해 침대를 미는 소리인 것 같다.

아카드는 자신의 몸을 어둠 속에 숨겼다.

그리고 결정했다.

흑마법사의 숨을 끊어 버리고 이곳을 빠져나가자고.

"이건 뭐지?"

그런데 벽에서 뭔가가 툭 튀어나온 게 느껴진다.

등으로 밀어 보니 문이 열리며 아카드의 몸이 기울어졌다. 일어나보니 미처 확인하지 못한 석실 하나가 튀어나왔다.

"능력도 좋아. 화산 곳곳에 공간을 만들어 뒀군."

석실을 살펴보니 좌우에 감옥이 있다.

순간 감옥에 갇혀 있던 사람들이 아카드를 알아보고 철창을 부여잡았다.

감옥 안에는 스무 명은 되어 보이는 젊고 어린 여자들이 갇혀 있었다. 그중의 한 여자가 아카드에게 애원했다.

"살려 주세요. 제발 이곳에서 꺼내 주세요."

아카드는 한숨을 쉬며 중얼거렸다.

"재수 더럽게 없네."

Chapter 12,
정체가 탄로 나다

　“제발 좀 구해 주세요.”

　“살려만 주시면 뭐든지 하겠어요.”

　한 명의 애원에서 순식간에 전체가 애원하는 형세가 되었다. 그들은 하나같이 간절한 눈빛을 하고 있었다.

　‘보자마자 튀었어야 하는데.’

　지금쯤 눈치 빠른 감독관이라면 아카드가 사라진 걸 알고 찾을지도 모른다. 위에서 소리가 들릴 때 빠져나갔어야 하는데 이미 늦어 버렸다.

　“누구냐! 여기 침입자가 있다!”

　불길한 예상은 벗어나는 법이 없다.

아니나 다를까.

화약을 제조한 범인으로 보이는 자가 소리를 질렀다.

이제 감독관들이 몰려오는 것은 시간문제다.

"이러면 곤란해지는데. 조용히 빠져나가는 건 무리겠어. 감독관들을 죽이고 나가는 수밖에."

광산을 빠져나가자마자 화산 전체를 터트리겠다는 계획은 일단 물 건너갔다.

이제는 전면전이다.

*　　　*　　　*

아카드는 두 정령을 소환했다.

'감독관은 보이는 대로 죽이고, 살기를 띄는 자들도 다 죽여.'

—드디어 나의 위대함을 시험할 때가 왔군. 마스터, 나만 믿어.

—이 새끼가 어디 멋대로 끼어들어? 죽을래? 죽고 싶어? 넌 그냥 도망가는 새끼들만 처리해. 알았어?

—네.

아카드 좌측에는 돌개바람이, 우측에는 불덩이가 생겨났다. 두 정령은 먹잇감이 나타나기만을 손꼽아 기다리며 이렇게 된 상황에 감사했다.

두두두둥.

사람들의 발자국 소리가 점점 크게 들려왔다. 감독관과 광부 몇 명이 비명 소리를 듣고 달려왔다.

'처리…… 벌써 하네?'

아카드가 명령을 내리기도 전에 라그니스가 캐스팅한 수십 개의 불덩이가 사람들에게 뿌려졌다.

"으아아악! 살려 줘!"

"불이다! 피해!"

"비상종을 울려라!"

광부들이 고함을 지르며 주변이 난장판이 되었다. 그 와중에 몇 명이 도망치려고 했다.

─너희는 이미 죽어 있다. 인식하지 못할 뿐.

어디서 주워들은 건 있는지 실리안이 도망자들을 향해 중얼거리며 손을 잡아당겼다. 그러자 도망자들의 다리는 움직이는데 정작 신체에게 명령을 내려 줄 목은 사라졌다.

날카로운 칼로 베인 듯한 도망자들의 목이 바닥에 여기저기 굴러다녔다.

─이 새끼가 몇 명 남겨 두라니까. 내 말을 무시해?

─라그니스 님이 도망자는 처리해도 된다고 했잖아요.

─이 새끼가. 그래도 숫자가 너무 많잖아. 몇 놈은 남겨

됐어야지.

라그니스의 말을 끝으로 지옥이 열렸다.

유황 광산 내부는 사람들의 비명 소리로 가득 찼다.

도망치려고 하지만, 그들이 피할 수 있는 공간은 없었다.

유황 광산 내부에 불지옥이 강림했다.

라그니스 손에서 각종 화염 마법이 광부들에게 날아갔다. 마법에 적중할 때마다 시체가 녹아 버리고, 광산 내부는 역한 연기로 자욱하다.

"거기까지다."

바깥에서 열 명이 무서운 기세로 아카드에게 달려들었다. 그들은 자신의 정체를 드러내기로 작정한 듯이 암흑의 기운을 풍기며 병기를 휘둘렀다.

샤샤샤샤샥!

그들의 연합 공격은 마치 한 사람처럼 일제히 아카드에게 쏟아졌다. 오랫동안 손을 맞췄는지 한 치의 오차도 없다.

'실리안, 내 몸을 사용해 봐.'

―진짜로? 후회하기 없기다. 아싸.

실리안이 아카드의 신체를 통제하기 시작하면서 그의 몸이 휘청거렸다.

몸을 통제하는 주체가 바뀌면서 생기는 빈틈이다.

하지만 아카드의 몸은 그들의 공격을 아주 쉽게, 최소한의 움직임으로 흘려 버렸다.

"기분 째진다. 너희들 다 죽었어!"

실리안은 아카드의 몸을 조종해 가장 앞에 있는 감독관의 얼굴을 손으로 그어 버렸다.

신기하게도 손에서 바람이 쑥 흘러나왔다.

툭! 데구루루!

감독관은 비명을 지를 새도 없이 목이 잘려 나갔다. 목이 잘린 신체가 균형을 잃고 볼품사납게 쓰러졌다. 금지된 힘을 얻은 대가로 신체는 흐물흐물 녹아 버린다.

감독관들이 동료의 죽음을 확인하기도 전에, 아카드의 신체는 감독관들 사이로 파고들었다. 그는 가장 가까운 자의 가슴을 갈라 버렸다.

샤샤샥! 파아아앗!

갈비뼈가 잘려 나가는 소리와 동시에 피분수가 뿜어져 나왔다.

그것을 시작으로 아카드는 감독관에게 닿을 때마다 그들을 모조리 지옥으로 보내 버렸다.

광산의 내부는 좁다.

한 사람을 포위하기도 쉽지만, 반대로 생각하면 도망갈 공간도 없다.

아카드가 블라디우스의 기술을 사용하자, 그동안 꼼짝도 안 하던 흡혈족의 마나가 반응하기 시작했다.

'어라, 내 몸에 잠들어 있는 마나를 이렇게 사용하는 거였어?'

드디어 몸속의 비밀을 풀었다.

그동안 가신들이 몸속에 주입한 마나를 이용해 보기 위해 별의별 수단을 써 보았지만 꼼짝도 하지 않았다.

지금은 움직인다.

블라디우스가 주입한 마나를 사용하기 위해서는 암살자의 기술을, 엘프 마법사 마리아드 총관의 마나를 움직이려면 마법을 익혀야 움직이는 듯했다.

'그럼 가장 큰 아버지의 마나를 사용하고 싶으면 검술을 익혀야 한다는 소린데. 얼른 나머지 두 정령들도 깨워야겠군.'

실리안이 자신의 몸을 신나게 사용하는 동안에도, 아카드는 딴생각을 품고 있었다.

"네놈은 누구냐!"

어느새 감독관은 세 명으로 줄어 있었다.

자신들이 연합하면 해적왕 모건을 제외하고는 상대가 없다고 생각했다.

하지만 그건 착각이었다.

배달이나 하던 볼품없는 청년에게 공격을 퍼부었으나 옷 자락 하나 베지 못했다.

"이 몸으로 말할 것 같으면 정령계의 초천재로서……."

—계약 해지해 버리기 전에 헛소리 그만해.

"쳇! 간만에 인간 세상에서 폼 좀 잡아 보려고 했더니."

실리안은 장난기 가득한 눈으로 감독관들을 비웃었다.

"궁금하면 네 애비한테 물어봐!"

감독관들의 몸이 떨렸다.

세상에 무서울 것 없던 암흑 교단의 기사들이 처음으로 두려움이라는 감정을 느끼고 있었다.

*   *   *

유황 광산 입구에서 배달 상단 책임자가 고개를 갸웃했 다. 자신이 고용한 드뷔어스라는 청년이 나올 때가 지났는 데도 아직까지 내려오지 않았다.

'자식이 술 파티 벌인다고 어울려 노는가 보네.'

책임자는 기지개를 펴며 하품을 했다.

오늘은 광부들의 월급날.

직원이 좀 늦다고 해도 너그럽게 용서할 수 있는 날이다. 거기다가 이곳은 깡촌이다. 오늘이 아니면 한 달 동안 술은 구경도 할 수 없다.

그동안 자신의 직원이 감독관이나 광부들과 친하게 지내는 모습을 몇 번 목격했다. 그 정도의 사이라면 지금까지 내려오지 않는 이유가 설명이 된다.

"하암! 벌써 시간이 이렇게 됐나. 나는 먼저 들어가 자야겠군."

책임자는 유황 광산에서 무슨 일이 벌어지고 있는지 상상도 하지 못했다. 단지 숨겨 놓은 술 단지를 혼자 먹을 생각에 가벼운 발걸음으로 숙소로 향할 뿐이다.

*   *   *

유황 광산 내부는 마치 처음부터 이랬다는 듯이 사방에서 핏물이 뚝뚝 떨어지고 있었다. 피비린내가 석실 전체에 진동했다.

아카드는 내부에 존재하는 모든 사람을 죽였다.

이들을 살려 두면 이곳의 일이 알려지고 이성을 잃은 소로스가 자신이 예측할 수 없는 극단적인 수를 쓸 수도 있기에 후환을 남겨두지 않았다.

"이 사람들을 어떻게 한다? 저렇게 쳐다보는데 죽여 버릴 수도 없고, 엄청 부담스럽군."

감옥에 갇혀 있던 여자들이 아카드가 쳐다볼 때마다 신을 대하듯 몽롱한 눈빛으로 본다.

인간이라면 불덩이가 날아다니게 만들고, 손끝에서 바람이 나갈 수 없다.

하지만 앞의 청년은 이 모든 것을 해냈다.

고로 이 청년은 사람이 아니라 신이 자신들에게 보낸 특별한 존재라고 여겼다.

결국 아카드는 그들이 원하는 대로 연극을 펼쳐야 했다. 실리안을 소환해 자신의 몸을 공중에 떠오르도록 만들었다.

아카드의 신체가 떠오르자마자 여자들이 모두 약속이라도 한 것처럼 엎드렸다.

"오! 신이시여!"

"평생 당신만을 섬기겠나이다."

여자들의 기도 소리가 피비린내가 나는 광산 내부에 울려 퍼졌다.

'피와 기도라. 광신도가 따로 없군. 저러다가 그만두겠지.'

아카드는 사라지기 직전 그의 목소리가 여인들에게 귀에 메아리치듯 들리게 시작했다.

도망쳐라. 이곳은 죄악이 극에 달해 불의 심판을 내릴 것이다.

갑자기 여기저기서 검붉은 연기가 치솟아 올랐다.

"신이 우리에게 계시를 내렸다."

"신의 말씀에 따라야 하니 얼른 이곳에서 나가야 한다."

검은 연기가 내부로 흘러들어왔다.

여자들은 모두 팔목으로 코를 막고 밖으로 도망갔다.

*   *   *

"너 인마! 지금 시간이 몇 시야! 일 좀 잘한다고 오냐오냐했더니."

아니나 다를까.

밖으로 나가자마자 상단 책임자가 아카드에게 고함을 질렀다.

"죄송합니다. 감독관들이 얼마나 술을 권하는지."

"다음부터 조심해. 한 번만 더 이런 모습 보이면 해고야. 알았어!"

"주의하겠습니다."

책임자는 이쯤하면 정신을 차렸을 거라고 생각하고는 광

산을 향해 몸을 돌렸다.

"이상하다. 오늘따라 유황 광산이 왜 이렇게 조용하지? 광부들의 목소리라도 들려야 정상인데."

"어제 엄청 마셔대더군요. 아마 아직까지 일어나지 못한 사람이 태반일 겁니다."

"그래. 그럴 수도 있지. 우리는 얼른 우리 일 하러 가세."

유황 광산에서 유일한 살아남은 두 사람은 마차를 타고 천천히 입구 쪽으로 내려갔다.

그들이 내려간 후, 화산 분화구가 끓어오르기 시작했다. 사람의 시체 맛을 봐서일까? 용암은 미친 듯이 흥분하기 시작했고 얼마 후, 유황 광산은 지도에서 사라졌다.

*   *   *

유황 광산의 변고가 소로스에게 알려진 것은 그로부터 일주일 뒤였다.

삼 일마다 한 번씩 자신에게 보고하던 흑마법사의 편지가 끊기자, 윌슨 왕국에 잠입해 있는 암흑 기사 몇 명을 보냈다.

암흑 기사가 도착했을 때, 그들의 눈에는 용암이 흘러내리는 것밖에 보이지 않았다. 하지만 그들은 주변을 샅샅이 조사했고, 결국 흔적을 찾을 수 있었다.

아카드가 살려 준 여자들을 암흑 기사들이 발견했다.

그들은 여자들의 말을 토대로 생존자를 조사했고, 결과를 소로스 은행장에게 보냈다.

소로스 은행장은 소식을 받자마자 달려왔고, 그들의 조사를 토대로 아카드가 범인임을 알 수 있었다.

"아카드, 이 개자식아!"

소로스는 절규에 찬 목소리로 소리를 질렀다.

그리고 윌슨 왕국에서부터 유황 광산까지 일어난 모든 사건의 배후에 아카드가 있음을 알게 되었다.

"이렇게 되면 최후의 수밖에 없지. 너 하나 때문에 모든 인간은 멸망하게 될 것이다!"

인간의 탈을 벗은 소로스의 눈에서 피눈물이 흘렀다.

* * *

자신의 생명을 바치면 하나의 소원을, 가족을 바치면 신의 보물 두 개를, 나라를 바치면 세상을 지배할 힘을 줄 것이다.

아스테리아 최북단에는 신들이 살고 있다는 전설이 내려

온다.

신들이 사는 곳에 겁 없이 발을 들였다가 살아 돌아온 사람은 거의 없다.

하지만 전혀 없는 것은 아니다.

딱 네 명은 살아서 돌아왔다고 전해진다.

바로 대륙 4대 상단의 창업주들은 유일하게 신의 대지에서 살아 돌아왔다. 그들은 돌아오자마자 상단을 세웠다.

4명의 생존자가 세운 상단은 대륙을 지배하였고, 100년이 넘는 시간 동안 유지되었다.

생존자의 성공은 사람들에게 엄청난 유혹이었다.

한동안 부귀영화를 노리고 수많은 사람들이 신의 대지에 발을 들여놓았지만 아직까지 4명 이외에 생존자는 없는 것으로 알려져 있다.

사람들이 말하는 신의 대지에서 무수한 전설을 배출한 단체의 정식 명칭은 따로 있었다.

암흑 교단.

수백 년 전, 블랙 드래곤의 편에 서서 인간을 사육하기 위해 악마들이 모인 단체다.

이런 전설을 만든 이유도 인간을 유혹해 피를 즐기기 위해서다. 그들은 자신들을 제외한 다른 인간들은 가축과 다름없다고 여겼다.

2~300년 전까지 암흑 교단 사람들은 종종 인간 세상에 나타났다.

그때마다 세상은 재앙에 시달렸다.

전쟁은 기본이고 재앙과 기아, 전염병이 대륙을 휩쓸었다. 역사에 기록된 모든 재앙은 그들과 연관이 있다고 봐도 무방했다.

이랬던 암흑 교단이 잠잠해진 것은 300년 전부터다.

암흑 교단 내부에 지휘 체계가 확실히 세워지면서, 인간들을 장난감 취급했던 그들의 모습은 완전히 사라졌다.

네 명의 사도.

가장 강한 네 사람을 뽑아 암흑 교단을 다스리게 하고 사도가 아니면 바깥으로 나갈 수 없다는 규칙을 세웠다.

사실상 암흑 교단은 네 명의 사도가 다스린다고 봐도 무방했다.

하지만 몇몇 사도들이 유혹을 참지 못하고 세상에 나간 적이 있었다.

사도가 인간 세상에 등장할 때마다 세상은 피로 씻겼다. 삼백 년 전에는 북쪽아, 이백 년 전에는 서쪽이, 그리고 백년 전에는 동쪽이 처참히 짓밟혔다.

그때마다 영웅들이 힘을 합쳐 막아내긴 했지만, 짓밟힌 곳을 복구하는 데만 수십 년의 시간이 흘러야만 했다. 암흑 교단의 힘은 마치 고대 시절의 드래곤처럼 공포와 두려움의 상징이 되어 갔다.

인간은 망각의 동물이라 했던가.

시간이 지나면서 암흑 교단이라는 존재 자체가 인간의 기억 속에서 사라지고 지금은 어떤 역사서에서도 그들의 이름을 찾아볼 수 없다.

그리고 50년 전 또 하나의 사도가 세상에 등장했다.

과거의 사도들은 재앙과 함께 등장한 데 반해, 이번에 나타난 사도는 은밀하게 인간들 속에 스며들었다.

사도의 이름은 소로스.

그는 마치 과거의 사도들과는 근본적으로 다르다는 것을 증명이라도 하듯 조용하고 은밀하게 인간들을 향해 마수를 뻗쳤다.

흑마법이라는 압도적인 힘으로 사람들에게 겁을 준 것이 아니라, 인간의 욕망과 이기심을 건드렸다. 그는 돈이라는 수단을 통해 야금야금 세상을 지배해 갔다.

어차피 시간은 사도들의 편이다.

암흑 교단 최고위 마법사로 구성된 사도들은 바디 체인지라는 마법을 통해 신체를 갈아탈 수 있었다. 물론 후유증은 있지만 시간이 지나면 원래의 힘을 돌려받을 수 있기에 기다리는 데 능숙했다.

소로스는 자신의 계획을 앞당기기 위해 암흑 교단에 방문한 4명의 인간들을 살려 주었다. 그뿐만 아니라 상인으로 성공할 수 있는 지혜까지 주었다.

소로스는 그 4명을 발판으로 삼았고, 식량이 풍부한 노틸러스 제국으로 진출했다.

당시 개념조차 생소했던 은행이라는 기관을 세워 경제권을 손에 넣었고, 시민 혁명을 이끌어 돈이 지배하는 세상을 만들려고 했다.

목표는 거의 다 이루어진 듯했다.

대륙전쟁을 통해 국경을 무너뜨렸고, 모든 나라마다 은행을 세웠다.

은행이라는 존재는 소로스의 눈과 귀가 되었다. 그는 어디에서도 대륙 전체의 크고 작은 소식을 알 수 있는 유일한 사람이 되었다.

하지만 신은 한 인간에게만 모든 것을 주지 않는다.

50년 동안 소로스가 건설한 제국이 아카드라는 존재 때문에 불과 1년 만에 물거품이 되었다.

특히 유황 광산이 폭발하면서, 소로스가 가지고 있던 가장 강력한 카드가 사라져 버렸다.

소로스는 결국 마지막 카드를 뽑아 들었다.

          *   *   *

천 년의 역사를 가진 암흑 교단이 열렸다.

힘을 원하는 자는 마나석을 가져오라.
마나석을 구해 오는 모든 자에게 세상을 지배할 힘을 줄
것이다.

유황 광산이 무너진 지 한 달도 되지 않아 대륙 전체에
암흑 교단에 대한 소문이 떠돌았다.
처음에는 장난이라고 생각했다.
하지만 암흑 교단에 갔다 왔다는 사람들이 생겨났다. 그
들은 기이한 힘을 보이며 사람들을 현혹했고, 그것을 본 사
람들은 최상급 마나석을 구하기 위해 혈안이 되어 있었다.

          *   *   *

다인 왕국과 윌슨 왕국 사이에 있는 이름 모를 산속.
검은 그림자 하나가 인간의 눈이 의심스러울 만큼 빠른
속도로 산속을 도망치고 있었다.
하지만 그림자는 뭔가를 꼭 껴안고 달렸다. 몸에서 피가

흘러 얼굴이 일그러졌는데도 입에서는 웃음이 새어 나왔다.

"으흐흐흐. 드디어 최상급 마나석을 구했다. 내 딸아, 조금만 기다리렴. 아빠가 낫게 해 줄게."

지금 대륙에는 최상급 마나석 열풍이 불어쳤다.

최상급 마나석만 있다면 암흑 교단에서 힘을 얻을 수 있고, 힘을 얻는다는 것은 신분 상승을 의미했다. 최상급 마나석만 있다면 불가능한 것을 가능으로 바꿀 수 있고 원하는 건 모두 가질 수 있었다.

그림자가 행복한 상상을 하고 있을 때였다.

"최상급 마나석만 놓고 간다면 목숨은 살려 줄 것이다."

산속에서 인간 사냥꾼들이 우르르 튀어나왔다. 그들은 그림자 하나를 향해 모두 달려들었다.

그림자는 부상당한 몸으로 그들의 공격을 막아내기가 힘들었는지 어두운 곳으로 자꾸만 들어갔다. 은신을 해서라도 빠져나가겠다는 생각이다.

하지만 어느새 그의 앞에는 기다리는 사람들이 있었다.

"개자식들! 벌써 기다리고 있다니."

그림자는 복면을 쓴 채 사람들을 노려보았다.

그들이 입은 은색 갑옷에는 누구나 알아볼 수 있는 인장이 음각으로 새겨져 있었다. 그들은 드디어 먹이를 찾았다는 눈빛으로 복면의 사내가 올라오기만 기다렸다.

"애송아, 시간 없다. 얼른 끝내자."

어느새 자신을 쫓던 사냥꾼들까지 도착했다. 그들 모두 복면 사내가 들고 있는 최상급 마나석을 노리고 있었다.

그들은 어느새 약속이라도 한 듯이 포위망을 좁혀 갔다. 절대 빠져나갈 수 없게 그물처럼 촘촘하게 다가왔다.

암흑 교단이라는 존재가 나타나자 인간들은 숨겨 두었던 탐욕을 드러냈다.

이 중에는 실력이 있는 자들도 있고, 어부지리를 노리는 자들도 제법 많았다.

"순순히 내놓으면 목숨을 살릴 수 있기도 한데."

"그런 법이 어디 있소. 이자를 발견한 건 나요. 최상급 마나석은 내 것이요."

"그렇게 따지면 이자에게 상처를 입힌 건 나요."

"나는 며칠 동안 저자가 이곳으로 도망 올 줄 알고 기다리고 있었소."

"그러지 말고 실력으로 마나석의 주인을 정합시다. 어떻겠습니까?"

한 중년인이 나타나 중재를 제안했지만, 어림도 없다. 탐욕에 눈이 멀어 최후의 1인이 살아남을 때까지 싸울 기세다.

복면인은 기가 막혔다.

전 재산을 털어서 최상급 마나석을 구입한 것은 자신인데, 주인을 두고 서로 자기 것이라고 주장하고 있었다.

'어떻게 빠져나가야 할까?'

복면인의 정체는 듀퐁이라는 사내다.

한때 암흑 교단의 연구원으로 평생을 바친 사내다.

그가 교단을 탈출한 것은 하나뿐인 딸 때문이다.

아이가 5살이 되자마자 교단에 바치라는 공문이 내려왔다. 아내를 잃고 딸 하나만 바라보고 살던 듀퐁은 교단의 명령을 무시하고 비밀리에 도망쳤다.

평생을 이룬 연구와 성과를 포기할지라도 딸은 절대 교단에 바칠 수 없었다.

목숨을 건 사투 끝에 추격자의 눈을 피한 지 5년 후.

듀퐁이 다시 교단으로 들어가려는 건, 촉망받던 교단의 연구원으로서 미련이 남아서가 아니었다.

불치병을 앓고 있는 딸의 목숨을 구하기 위해서다.

듀퐁은 딸 때문에 탈출했던 암흑 교단에 자기 스스로 다시 걸어 들어가려 하고 있었다.

하지만 그마저도 여의치 않다.

주변에는 어떻게 해서든지 자신이 가지고 있는 최상급 마나석을 뺏어가려는 승냥이들이 득실거린다.

'여기가 내 무덤이 되겠구나. 이대로 딸의 모습도 보지 못하고 죽어야 하는가.'

듀퐁의 모든 희망이 사라지려는 그때.

저 멀리서 네 명의 사내가 천천히 걸어왔다.

"어이, 아가들아. 집에서 엄마가 기다린다. 이만 돌아가렴."

사내들의 모습은 하나같이 닮은 것이 하나도 없었다.

어떤 자는 우락부락 오크, 어떤 자는 우스꽝스럽게 생긴 고블린이다. 또한 나머지 둘은 정상적으로 보였지만 하나는 너무 얼굴이 하얘서 아파 보이고, 마지막 사내만이 미남자처럼 생겼다.

하지만 사람들은 제일 마지막에 등장한 사내의 정체를 눈치채고는 뒷걸음질 쳤다. 그나마 자리를 유지하고 있는 사람들도 얼굴이 굳어졌다.

모건 해적단 4군단장.

대륙에서 가장 강한 자로 꼽히는 전설들이 하필 이곳에 방문했다.

지금은 잠잠하지만 15년 전만 해도 이들이 지나간 자리는 풀 한 포기도 나지 않는다는 악명이 자자했다. 그들이 이끄는 모건 해적단은 수많은 원한을 만들었지만, 어떤 군주도 그들에게 대항하지 않았다.

그럴 수밖에 없는 것이 해적단의 주 무대는 바다다.

바다에서는 아무리 병력이 많아도 파도 한 번이면 전세가 역전된다.

모건 해적단을 잡으려면 해적단이 머무는 본거지에 직접 가야 하는데 그곳을 공격하러 갔다가 살아 돌아온 배는 하나도 없었다.

바다에서 모건 해적단과 싸우라는 것은 사자에게 물속에서 고래랑 싸우라 명령하는 것과 진배없었다. 그들은 바다에서만큼은 제왕이고 신이다.

"자신 있으면 드루와!"

모건 해적단에서 가장 무식하기로 유명한 오크 전사 듀랄이 자신의 그레이트 엑스를 땅바닥에 내려쳤다. '쾅!' 하는 굉음과 함께 지면이 흔들렸다.

"몸 좀 풀자니까! 하하하하!"

듀랄의 음성이 산속 전체에 울려 퍼졌다.

오크의 웃음은 또 얼마나 소름 끼치는지, 사람들은 본능적으로 두려움에 몸을 떨었다. 방금 전까지 그렇게 자신의 무력을 자랑하던 자들이 아무도 나서려고 하지 않는다.

'꼼짝없이 죽었구나. 딸이 죽는 모습을 이대로 보고 있어야만 하는가?'

방금 전까지 어떻게 해서든 빠져나가려고 했던 듀퐁은

모든 것을 포기했다. 자신을 포위한 자들이 늑대 무리라고 하면, 이들은 드래곤이다.

아무리 용을 써도 이들 손에서 도망친다는 건 상상도 하기 힘든 일이다.

결국 듀퐁은 승부를 걸었다.

"이보시오."

"잉? 날 불렀냐?"

거구의 오크 전사 듀랄이 듀퐁을 내려다보았다.

"최상급 마나석을 당신들에게 바치겠소. 대신 내 딸을 좀 구해 주시오."

"아니야. 아니야. 절대 그렇게 할 순 없지."

오크 전사가 고개를 흔들자 듀퐁은 억장이 무너진다.

마지막 승부수도 실패했으니, 이제 끝이다.

갑자기 딸의 얼굴이 아른거린다.

그때, 듀랄의 입에서 의외의 말이 튀어나왔다.

"최상급 마나석 따위는 필요 없어. 우리가 필요한 건 너야!"

"네?!"

듀퐁의 눈이 휘둥그레졌다.

"네놈에게 지도를 그릴 수 있는 능력이 있다지? 우리 도련님이 네놈의 능력을 원하신다. 우리 도련님을 따르면 네놈의 딸도 치료해 준다고 했다."

갑작스럽게 나타난 무리는 자신을 노리고 찾아온 것 같았다. 암흑 교단에서도 극소수밖에 모르는 자신의 능력도 알고 있고, 딸에 대해서도 알고 있는 듯하다.

'누구지? 이들이 내 정체를 어떻게 알고 있을까? 설마 소로스의 잔당들일까?'

듀퐁은 상대를 의심하지 않을 수 없었다.

"불치병에 걸린 내 딸을 고칠 수 있다고? 당신이 말하는 도련님이라는 자가 도대체 누구요? 아니 그것보다, 내 정체를 어떻게 알았소?"

"질문은 받지 않는다. 우릴 따라올 것이냐? 저들에게 죽을 것이냐?"

좌중을 향해 눈을 부라리던 듀랄이 한쪽 눈을 깜박였다.

"결정하라. 암흑 교단의 비밀 연구원 듀퐁."

다른 사람에게는 섬뜩하게 보이는 오크의 윙크가 듀퐁 마음속에 한 줄기 희망의 바람처럼 다가왔다.

〈다음 권에 계속〉